그해 푸른 벚나무

SAKURA NO KI GA MIMAMORU CAFE by SHIMENO Nagi

Copyright ⓒ 2024 SHIMENO Nagi

All rights reserved.

Original Japanese edition published by Bungeishunju Ltd., in 2024.

Korean translation rights in Korea reserved by Gilbut Publishing Co., Ltd.,

under the license granted by SHIMENO Nagi, Japan

arranged with Bungeishunju Ltd., Japan

through The English Agency (Japan) Ltd. and Danny Hong Agency.

이 책의 한국어판 저작권은 대니홍 에이전시를 통한 저작권사와의 독점 계약으로
㈜도서출판 길벗에 있습니다. 저작권법에 의해 한국 내에서 보호를 받는 저작물이므로
무단전재와 복제를 금합니다.

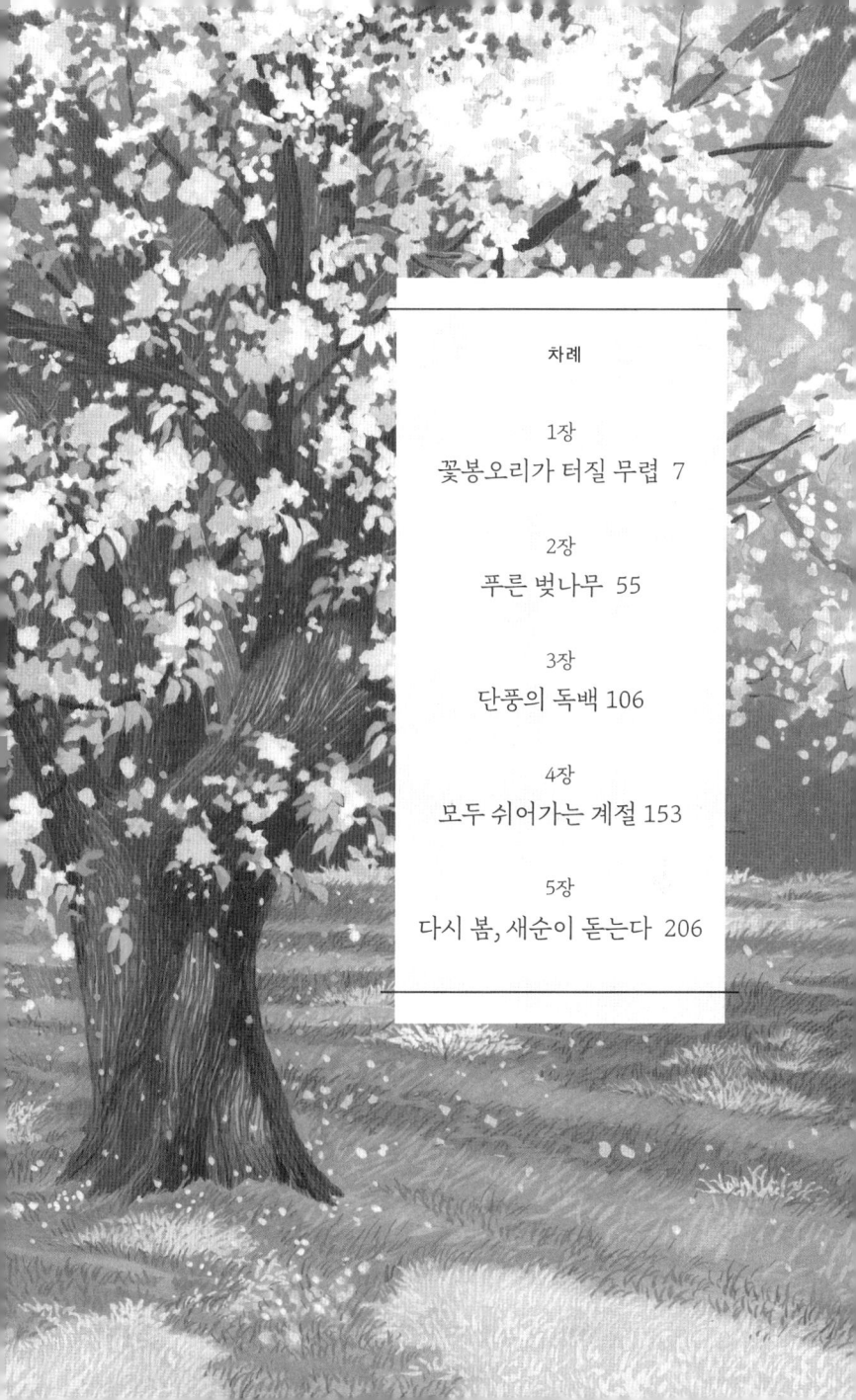

차례

1장
꽃봉오리가 터질 무렵 7

2장
푸른 벚나무 55

3장
단풍의 독백 106

4장
모두 쉬어가는 계절 153

5장
다시 봄, 새순이 돋는다 206

1장

꽃봉오리가 터질 무렵

 예전에는 벚꽃 하면 산벚나무를 가리켰다. 그러나 요즘 벚꽃 축제의 주인공은 왕벚나무다. 왕벚나무는 꽃이 잎보다 먼저 피는 특징이 있다. 꽃이 일제히 피고 성장도 빨라서 꽃놀이를 즐기기 좋아, 사람들이 여기저기에 잔뜩 심었다.

 나는 카페 체리 블라썸의 마당에서 가지를 펼치고 있는 커다란 몸집의 오래된 산벚나무다. 일본에서만 자라는 야생 벚나무로 옛 시에도 자주 등장했다. 산벚나무는 왕벚나무와 달리 꽃과 잎이 동시에 핀다. 봄이면 흰색에 가까운 연분홍색 꽃과 적갈색 새잎이 어우러져 눈부시게 밝고 화사한 풍경을 자아낸다.

히오가 어머니에게 카페 체리 블라썸을 물려받은 건 3년 전, 그러니까 서른 번째 생일을 맞이했을 때다. 나는 그전부터 히오가 어머니를 돕느라 이곳을 들락날락하는 모습을 봐왔다. 그때부터 아니, 히오가 철이 들었을 무렵에는 이미 굵은 몸통을 자랑하며 이 마당에 굳건하게 서 있었으니 내가 꽤 나이 든 나무라는 것을 상상할 수 있으리라.

마당 한쪽에 자리 잡은 카페 체리 블라썸은 지은 지 족히 70년은 넘었을 것이다. 크림색 외벽에 짙은 바다를 닮은 청록색 슬레이트 지붕을 얹은 서양식 건물로 연식이 오래된 만큼 꽤 낡았다. 그런데 웬걸, 요즘 들어 레트로 붐을 타고 굳이 멀리서 찾아와서 이 건물의 사진을 찍고 가는 사람도 있다.

히오가 불투명 유리가 끼워진 출입문에 열쇠를 꽂는다. 열쇠를 끼우고 오른쪽으로 두 번 돌리니 딸깍거리며 문이 열렸다. 손잡이를 잡고 당기자 끼익 소리가 났다. 콘크리트 바닥 위에 서서 낡은 잭 퍼셀 스니커즈를 벗고 신발장에서 진갈색 슬리퍼를 꺼내 신으니 흰색 양말 너머로 슬리퍼의 서늘한 감촉이 히오의 발에 전해진다.

해가 드는 쪽은 따뜻하지만 실내에는 아직도 겨울의 흔적이 남아 있다. 습기를 머금은 목조 건물 특유의 향긋한 나무와 흙 냄새가 코끝에 닿은 순간 히오는 길게 숨을 들이마셨다. 카페 체리 블라썸이 오랜 세월을 건디머 만들어낸 냄새다. 히오는 이 공간을 둘러싼 공기를 온몸으로 흠뻑 마시고 나서 "자!" 하고 허리에 손을 올렸다.

히오의 외할머니 야에는 예전에 이 자리에서 아담한 호텔을 운영했다. 1층에는 프런트와 직원실이 있고 2층과 3층에 객실이 마련되어 있었다. 그때도 이름은 체리 블라썸이었다. 당시에는 예쁜 이름의 서양식 숙박업소가 멋스럽고 꽤 고급스러운 공간이었지만 세월이 지나 이용객의 발길이 뜸해졌다. 그러다가 야에의 딸 사쿠라코가 대를 잇는 시점에서 호텔을 양식 레스토랑으로 탈바꿈했다.

요리는 사쿠라코의 남편, 즉 히오의 아버지가 맡았다. 프렌치 레스토랑에서 오랫동안 솜씨를 갈고닦았던 그는 누구나 부담 없이 즐길 수 있는 가벼운 프랑스 가정식을 만들었다. 그랬던 그도 60세가 지날 무렵부터는 주방에 서는 게 부쩍 귀찮아졌다. 일찍 은퇴하고 여생은 아내와

느긋하게 살고 싶다는 바람도 있었을 것이다.

그즈음 히오가 사쿠라코에 이어 레스토랑 체리 블라썸을 맡게 되자 외부에서 셰프를 초빙하자는 말도 나왔다. 하지만 직원을 고용하면 고정비가 늘어난다. 단지 돈 문제에 그치는 것이 아니라 그 직원의 생활을 책임져야 하는 부분이 있어 어깨가 무겁다. 어린 히오가 감당하기엔 벅찬 일이었다. 결국 히오 혼자서 이 공간을 꾸려나갈 방법이 없을지 온 가족이 머리를 맞대고 궁리한 결과 레스토랑은 접고 체리 블라썸이라는 원래 이름 앞에 '카페'라는 타이틀을 붙인 가게가 탄생하게 되었다.

계절에 맞는 화과자와 차를 제공하므로 '전통 과자점'이나 '전통 찻집'이라는 이름이 더 걸맞았을지 모른다. 그럼에도 히오는 '카페'를 고집했다. 과거와 현대가 어우러진 이 건물에 한자가 들어간 이름은 어울리지 않는다며 큰소리쳤다.

야에가 세상을 떠났을 때 아직 초등학생이었던 히오가 어느새 이곳의 주인이 되다니. 어른이 된 히오를 보며 감개무량했던 일이 엊그제 같은데 그 후로 3년이나 지났다. 시간이 어찌나 빠르게 흐르는지 놀랄 따름이다. 어린아이의 1년과 어른의 1년은 체감 속도가 완전히 다르다. 게다가 나처럼 오래 살다 보면 1년은 그야말로 눈 한번 깜짝이는 사이에 지나가 버린다. 5년 혹은 10년 전의 일을 이야기하면서 나도 모르게 얼마 전에 말이지, 라고 말을 꺼낼 때도 있다. 그렇다 보니 이곳에 '카페'라는 이름이 붙고 히오가 주인이 된 것도 내 느낌으로는 엊그제 일이나 다름없다.

며칠 전부터 쭉 뻗은 가지와 가지 사이에 돋아나 있던 꽃망울이 봉곳하게 부풀기 시작했다. 어제부터인지 그제부터인지도 헷갈린다. 어쨌거나 내가 가지에 힘을 불어넣은 건 맞다. 이렇게 날씨가 좋으면 앞으로 몇 시간 후, 그러니까 오늘 오후쯤이면 하나둘 봉오리를 터뜨릴지도 모른다. 100년이 넘는 기나긴 시간과 경험으로 미루어보건대 틀림없다.

신선한 아침 공기를 빨아들이고 영양분을 만든 다음, 가지와 줄기의 구석구석까지 꽉꽉 채우고 있노라니 어느 순간 발밑이 간질간질 간지러웠다. 시선을 내리자 황토색 시바견이 내 줄기에 꼬리를 살살 감고 있었다.

"허허. 이제 얼마 안 남았군."

리드줄을 쥔 남자가 안 그래도 짙은 주름이 새겨진 눈

가에 주름을 켜켜이 잡고 혼잣말을 중얼거린다. 때마침 불어온 산들바람이 숱이 줄어든 남자의 머리를 살며시 간질이자 봄이 왔구나 싶었다. 시바견이 애교 섞인 소리로 컹컹 짖으며 내 몸에 코를 갖다 댔다. 간지러워서 몸을 떨었더니 나뭇가지에서 와삭와삭 소리가 났다.

 노인이 개를 데리고 이 앞을 산책하는 시간은 대체로 오전 8시쯤이다. 보통 그 뒤로 세 시간 정도 지나면 히오가 카페 뒤편에 있는 집에서 나와 출근한다. 카페 체리 블라썸의 오픈 시간은 12시라서 다소 늦은 편이지만, 이 부근에 사는 사람들의 하루가 늦게 시작되는 데다 도심에서 적당히 떨어진 곳에 위치하는 탓에 해가 중천에 뜨고 나서야 거리에 활력이 솟아나므로 딱히 문제가 되지 않는다. 가게 문을 늦게 여는 만큼 손님에게 내는 화과자도 그날그날 준비할 수 있으니 오히려 다행일지 모른다. 오늘 아침에도 제 딴에는 일찍 일어난 히오가 직접 발품을 팔아 화과자 가게를 돌아다니며 생과자를 사 왔다.
 히오가 아직 잠이 덜 깼는지 주위에 아무도 없는 것을 확인하더니 기지개를 켜며 하품을 늘어지게 한다. 내가 여기서 지켜보는 것도 모르고 입을 크게 벌리고 어린아이처럼 하품하는 모습에 하마터면 소리 내어 웃을 뻔했다. 히오는 출근하자마자 가게 안으로 들어가 모든 창문을 활짝 열고서 실내를 환기한다. 그리고 나서 쪽문을 열고 마당으로 들어와 창고에서 대나무 빗자루를 꺼낸다.

 지금 입고 있는 무릎 길이의 코발트블루 원피스가 히오의 유니폼이다. 동그란 깃과 접힌 소맷귀가 흰색이어서 청결한 느낌을 준다. 손님을 접대할 때는 원피스 위에다 테두리에 레이스를 살짝 덧댄 앞치마를 두르지만 영업시간 전인 지금은 때가 타지 않도록 소매가 긴 작업복을 덧입었다. 카페 건물과 마당은 허리 높이까지 오는 쪽문으로 구분되어 있으며 마당 한쪽은 뒷골목과 이어져 길을 걷던 사람이나 산책하던 개가 자유롭게 드나들 수 있다.

 히오가 나를 가만히 올려다보더니 빗자루를 두 팔로 안은 채 가지 사이에 맺힌 꽃망울을 따라 내 쪽으로 가까이 다가왔다. 그대로 옆에 와서 서자 히오의 몸이 내 가지가 만든 우산 안으로 쏙 들어왔다. 눈을 들면 가느다란 가지 너머로 연한 물색 하늘이 펼쳐져 있다.

 "와, 꽃망울이 곧 터지겠는데? 슬슬 개화 선언을 해도 되겠어."

 히오는 볼록한 꽃망울을 확인하더니 환하게 웃으며 우

산 밖으로 나갔다.

꽃망울이 부푼 건 맞지만 꽃이 피지 않아서 개화 선언을 하기에는 아직 일러. 급한 마음을 이해 못 하는 건 아니지만 조금만 더, 그래, 몇 시간만 더 기다려줘. 어떻게 하면 내 마음을 전할 수 있을지 고민하는 사이 카페 입구에 누가 서 있는 모습이 보였다.

"좋은 아침!"

빛이 바랜 판유리가 끼워진 현관문 앞에서 명랑한 목소리로 인사를 건네는 사람은 미야코다. 미야코는 역 앞 큰길가에서 꽃집을 한다. 체구가 작은 미야코가 자기 키보다 큰 나뭇가지를 품에 안고 있다.

"저 마당에 있어요."

히오는 까치발을 하고 상체를 좌우로 흔들며 입가에 두 손을 갖다 대고서 큰 소리로 대답했다. 미야코는 그 소리를 따라 몸을 돌리고 물 흐르듯 자연스럽게 마당으로 이어지는 쪽문을 열었다.

"미야코 씨, 이거 좀 보세요."

히오가 인사는 하는 둥 마는 둥 하고 미야코에게 이쪽으로 오라고 손짓했다.

"봐요, 얼마 안 남은 것 같죠?"

가지를 가리키며 마치 자기 공인 양 방긋 웃는다.

"어머. 지금 당장 꽃망울이 터질 것 같은데?"

히오보다 다섯 살 많은 서른여덟 미야코가 달콤한 사탕을 입에 문 듯한 표정을 짓고 있는 히오를 쳐다보며 미소를 보냈다.

"이제 진짜 봄이구나."

고개를 끄덕이던 히오는 미야코가 안고 있는 종이 꾸러미를 보고 퍼뜩 정신을 차렸다.

"아, 꽃이다! 매번 고맙습니다."

"오늘은 꽃가지를 가져왔어. 수수해 보일까 봐 걱정했는데 곧 마당이 화려해질 테니까 잘 어울리겠다."

두 사람은 그런 대화를 나누며 나란히 카페 안으로 들어갔다. 카페 체리 블라섬에 둘 꽃을 고르고 장식하는 일은 전부 미야코가 담당한다. 미야코는 2주에 한 번 정도 카페에 들러 꽃을 새로 바꾼다. 오늘은 타원형 잎사귀에 동그스름한 꽃이 달린 명자나무를 가져왔다. 명자나무 중에는 분홍색, 빨간색, 홍백색 등 화사한 꽃을 피우는 것도 있지만 지금 미야코가 안고 있는 가지에는 새하얀 꽃이 송송이 맺혀 있다. 조만간 마당에서 꽃을 활짝 피울 나를 배려해서 화려하지 않은 색깔을 골랐나 보다.

"오늘은 어떤 과자 준비했는지 안 궁금해요?"

히오가 뚜껑이 덮인 칠기 찬합으로 손을 뻗으며 물었다. 미야코는 입구는 좁고 몸통은 볼록한 청색 도자기에 명자나무 가지를 잘라 넣는 중이다.

"흠, 비장의 카드를 준비했나 보네?"

"맞혀보세요."

히오는 빨리 보여주고 싶어서 안달이 나는지 몸을 들썩댔다.

"사쿠라모찌(찹쌀가루나 밀가루로 반죽하여 팥소를 넣고 벚나무 잎으로 감싼 떡-옮긴이). 맞지?"

계절이 계절인 만큼 사쿠라모찌가 틀림없다. 히오는 생글생글 웃으며 고개를 끄덕이더니 뭐가 그렇게 좋은지 짜잔, 효과음까지 내면서 찬합 뚜껑을 열었다. 옻칠을 입힌 찬합 안쪽은 반질반질 윤이 나는 진한 다홍빛을 띠고 있다. 벚나무 잎으로 감싼 연분홍 떡이 찬합 안에 가지런히 놓여 있는 모습은 이루 말할 수 없이 사랑스럽다.

"맛있겠다."

봄기운이 느껴진다는 말을 먼저 하고 싶었으나 자기도 모르게 "그렇지?" 하고 묻고 마는 미야코의 입가에 미소가 어렸다.

"네. 도묘지 가루로 만든 사쿠라모찌예요."

히오가 대답했다. 쪄서 말린 찹쌀가루를 뜻하는 도묘지 가루는 알갱이가 동글동글하고 알알이 씹히는 식감이 좋아서 사쿠라모찌나 오하기(동그랗게 빚어 팥소나 콩가루 등을 묻힌 쌀떡_옮긴이)를 만들 때 자주 사용한다.

"사쿠라모찌는 관동 지방과 관서 지방이 서로 다르다며?"

미야코가 가위질을 멈추고 몸을 앞으로 내밀었다. 금강산도 식후경이 따로 없다.

"도묘지 가루로 만드는 건 관서풍이에요. 관동 지방에서는 밀가루 반죽을 얇게 구워서 팥소를 넣고 크레이프처럼 말아서 만들거든요."

결국 취향의 문제라고 설명하는 히오에게 미야코가 장난스레 눈빛을 반짝이며 묻는다.

"히오 씨는 벚나무 잎을 먹는 쪽이야? 아니면 남기는 쪽이야?"

사쿠라모찌는 지역마다 만드는 방식이 다르지만 마지막에는 양쪽 지방 모두 소금에 절인 벚나무 잎을 두른다. 그러면 잎사귀에 밴 소금기와 향이 떡에 스며든다. 그 잎사귀를 벗겨내고 먹는 사람도 있고 잎사귀를 같이 먹는 사람도 있다. 이거야말로 취향의 문제라고 생각하며 히오는 딱 잘라 말했다.

"저는 먹어요. 맛있잖아요."

미야코는 자기는 남기는 쪽이라고 웃으며 말한 다음, 감탄하며 덧붙였다.

"꽃이랑 잎사귀까지 맛있게 먹게 해주다니 벚나무는 대단한 거 같아."

칭찬을 받으니 쑥스러웠지만 틀린 말은 아니다.

벚나무 잎을 소금에 절여 과자나 음식을 만들려면 잎이 부드러운 오시마벚나무의 새잎이 좋다. 왕벚나무는 잎이 두꺼워서 식감이 좋지 않다. 거기까지 알고 있는지는 모르겠지만 히오가 활짝 열린 현관문 안에서 내게로 눈길을 보냈다. 미야코도 덩달아 고개를 들더니 "저기 있는 건 산벚나무지?" 하며 꽃집 주인답게 정확한 품종을 말했다.

"네. 오래전부터 이 마당에 있었어요."

'오래전부터'를 힘주어 말하는 히오의 목소리가 내 귀에 닿자 신기하게도 가슴 깊숙한 곳이 따뜻해졌다. 이어 내 안에서 뭔가를 힘껏 밀어내는 듯한 느낌이 들었다.

햇살이 창문을 통과해 가게 안쪽까지 쏟아질 즈음 현관 앞에 젊은 여자 손님 세 명이 나타났다. 평일 점심때다. 일하다가 점심시간에 맞춰 여기까지 왔으리라. 아직 가게 문을 열려면 몇 분 더 남았지만 즐겁게 수다를 떨면서 기다리고 있다. 이 시기에는 이런 광경을 자주 볼 수 있다. 평소에는 한가한 편이지만 초봄이 되면 손님 몇 쌍이 가게 문이 열리기를 기다리며 줄을 서서 기다리고는 한다.

"안녕하세요. 저기, 들어가도 되나요?"

손님의 활기찬 목소리에 허둥대는 히오의 슬리퍼 소리가 들린다.

"이런. 벌써 시간이 이렇게 됐네."

바쁜 하루가 시작될 것 같은 예감이 든다.

막 솟아난 힘이 가지 쪽으로 힘차게 뻗어나가는 느낌이 들었다. 아무래도 내가 꽃을 피우기 시작한 모양이다.

"와아."

가게에 들어서던 손님이 창문 너머로 마당을 바라보다가 감탄사를 터뜨리자 히오가 우쭐거리며 선언하듯 목소리를 높였다.

"개화가 시작됐어요. 올해의 벚꽃이 폈어요."

✿

　하나비에(벚꽃이 필 무렵의 추위-옮긴이), 하나구모리(벚꽃이 피는 시기의 흐린 날씨-옮긴이), 하나지라시노아메(벚꽃이 절정일 때 내리는 비-옮긴이). 전부 벚꽃이 개화하는 시기의 날씨를 표현하는 말이다. 이렇게 늘어놓고 보니 이 시기에는 포근한 날이 드물다는 생각에 걱정이 밀려왔다. 추워서 몸을 웅크리고 있는 걸까, 요 며칠은 개를 데리고 산책하던 노인도 보이지 않는다. 추위에 내 몸도 잔뜩 얼어붙었다. 가지가 바들바들 떨린다.
　"아, 추워."
　히오의 입에서 하얀 입김이 퍼져 나온다. 슬슬 집어넣으려고 콘센트줄을 돌돌 말아뒀던 난로를 다시 켠다. 카운터 위에는 푸른빛이 도는 보라색 제비꽃이 놓여 있다. 흰색 바탕에 파란색 무늬를 넣은 앤티크 커피잔이 꽃병 대신 쓰였다. 미야코에게 들은 대로 분무기로 물을 주자 청아하게 핀 제비꽃이 함초롬히 물기를 머금는다. 인사를 하듯 꽃잎을 아래로 늘어뜨린 그 모습이 몹시 추워 보여서 밖에 서 있는 나와 어딘가 닮은 느낌이 들었다.

그렇지만 춥다고 떨고만 있을 필요는 없다. 이렇게 기온이 떨어지면 꽃망울이 한꺼번에 터지지 않고 차례차례 부풀어 오르기 때문이다. 따뜻한 날씨가 이어지면 벚꽃은 보통 개화하고 나서 약 일주일 만에 만개한다. 만개 기간은 대략 열흘쯤 된다. 그러나 이렇게 추운 날씨가 며칠 지속되면 정석대로 되지 않는다. 벌써 한껏 꽃잎을 펼친 봉오리도 있지만 그늘에 숨어서 기지개도 켜지 못한 꽃봉오리도 있다. 그러니 여느 때보다 오랫동안 꽃을 품을 수 있다.

꽃은 수명이 짧다고 흔히들 말하지만 내가 보기에 꽃의 수명은 의외로 길다. 그렇다고 엄청나게 길다는 뜻은 아니다. 하지만 한순간이라고 한탄하기보다 이렇게 길구나, 하면서 상상력을 펼쳐본다면 똑같은 시간의 길이도 다르게 느낄 수 있지 않을까. 때로는 허무를 정면으로 마주하는 것도 나쁘지 않다. 짧은 생명을 덧없다고 슬퍼하면서 다른 시각을 갖지 못하는 건 너무 안타까운 일이다.

꽃은 피면 지기 마련이고 꽃이 져야 다음 계절이 찾아온다. 이러한 순환 덕분에 생명을 계속 이어갈 수 있다. 사람은 사라져가는 눈앞의 현실에만 관심을 보이지만 과거가 있었기에 미래도 있는 법이다. 과연 알기나 할까. 오늘이라는 하루는 면면히 이어지는 시간의 한 조각이라는 사실을. 삶은 그렇게 이루어지고 있다.

찌뿌둥한 하늘이 금방이라도 차가운 빗방울을 흩뿌릴 듯한 오후다. 잿빛 공기가 카페를 에워쌌다. 히오도 바깥의 바람 소리에 귀를 기울이며 찬합에 화과자를 옮겨 담고 있다. 젓가락으로 화과자를 집었다가 내려놓는 소리까지 들릴 것같이, 사방이 고요하다.

오늘 아침에도 히오는 추운 날씨에도 불구하고 화과자를 사러 나갔다 왔다. 지금까지 일손을 거들어줄 직원을 고용할지 말지를 놓고 여러 번 고민했다. 오픈 준비부터 손님맞이와 뒷정리까지 혼자 하려니 자못 고단했다. 영업 시간 전에 장을 보고 청소를 맡아줄 사람이 있으면 꽤 편해질 텐데. 나는 히오가 어머니나 손님과 그런 대화를 주고받는 것을 여러 번 들었다. 그렇지만 지금도 여전히 혼자서 가게를 꾸려나가고 있다. 히오는 그게 더 편한 눈치였다.

"끝났다."

과자를 담은 찬합 뚜껑을 닫은 찰나, 사오십 대쯤 된 남자와 여자가 현관 앞에 서서 얇은 코트 앞섶을 여미며 흥미진진한 눈빛으로 가게 안을 들여다보았다.

"어서 오세요."

히오가 손님이 온 것을 알아차리고 얼굴을 내밀었다.

"저어, 처음 왔는데요."

남자가 당혹스러운 표정으로 입을 열었다.

"두 분이세요? 어서 들어오세요."

머뭇거리는 두 사람을 향해 환한 미소를 건네고 "신발은 신발장에 넣으시고 이걸로 갈아 신으시면 돼요"라며 손님용 슬리퍼를 내어주자 그제야 긴장이 풀렸는지 여자가 앞장서서 안내하는 히오에게 친근하게 말을 걸어왔다.

오래전 히오의 어머니 사쿠라코는 레스토랑을 열 때 신발을 신은 채로 들어갈 수 있도록 바닥을 널마루로 바꾸었다. 하지만 히오는 손님이 조금이라도 더 편안하게 쉴 수 있도록 할머니가 호텔을 운영하던 시절처럼 신발을 벗고 들어가는 방식으로 되돌렸다. 신고 왔던 신발을 벗고 슬리퍼로 갈아 신는 동시에 손님의 표정이 느슨하게 풀어진다. 히오는 그 순간이 더없이 좋았다.

"가게가 참 근사하네요. 오길 잘했어요."

여자의 말투에서 사투리 억양이 묻어나 히오가 뒤를 돌아봤다. 손님 얼굴을 들여다보다가 '어머' 하며 눈을 동

그렇게 뜨고서 "일본 차와 화과자를 좋아하세요?"라고 묻던 히오의 눈가가 부드럽게 휘어졌다.

"네, 굉장히 좋아해요."

여자가 힘차게 고개를 끄덕였다.

"이 사람은 나보다 더 일본 문화에 훤합니다. 이 가게도 아내가 찾았거든요" 하고 남자가 말을 받았다. 화과자를 파는 카페를 검색하다가 우연히 이곳을 찾은 모양이다.

아내라는 사람은 외국인인 것 같은데 언뜻 들어서는 구분이 안 될 만큼 일본어가 유창했다. 게다가 일본 문화도 훤히 꿰고 있다고 하니 아직 어린아이 같은 히오보다 전통에 더 익숙할지도 모른다. 여자는 복도를 걸어가는 동안에도 미야코가 장식한 꽃 이름을 입에 올리고 차와 화과자에도 관심을 보이며 질문을 했다.

"비가 올 것 같네요."

여자가 창밖을 바라본다. 나와 눈이 마주치자 쓸쓸한 눈빛으로 이렇게 중얼거렸다.

"모처럼 핀 꽃이 져버리겠어요."

2층으로 올라가는 계단은 반질반질 윤이 난다. 히오가 날마다 청소하기도 하지만 지나온 시간이 그렇게 만들었다. 걸음을 옮길 때마다 작게 삐걱삐걱하는 소리가 울린다.

"방이 세 개 있는데요. 지금은 손님이 아무도 없어서 마음에 드시는 방으로 가시면 돼요."

서양식 방이 둘, 일본식 다다미방이 하나 있다. 맨 안쪽은 벚나무, 그 옆은 범부채 그리고 다다미방은 삼잎이라는 이름이 붙어 있다. 각 방의 이름은 히오의 외할머니 야에가 운영하던 시절 그대로다. 테이블과 의자가 놓여 있는 서양식 방은 두세 팀을 동시에 들여보내도 될 만큼 넓지만 벚꽃이 절정을 맞이하는 주말을 제외하고는 만실이 되는 일이 거의 없다.

하나 있는 다다미방은 야에가 취미 생활을 위해 마련한 작은 다실이다. 그런 탓에 이 방에는 한 팀밖에 못 들어간다. 레스토랑이던 시절에도 이 방은 다다미가 깔려 있어서 신발을 벗고 들어가야 했다. 그때는 여기서 결혼 전에 양가 부모님을 모시고 상견례를 하는 사람도 있었다.

면적은 작아도 다실의 정취가 남아 있는 이 방을 찾는 손님도 많다. 하지만 벚꽃이 피는 이 계절에는 영 인기가 없다. 창문이라고는 채광창만 하나 뚫려 있는데 그마저도 맹장지(일본식 미닫이문에 덧대는 전통 문양의 종이-옮긴이)

가 발라져 있다. 이 시기에는 마당에서 흐드러지게 꽃을 피우는 나를 보고 싶어 하는 손님이 대부분이다. 그러니 마당 쪽으로 큼지막한 창문이 나 있는 서양식 방을 선택하기 마련이다.

이 부부 역시 "이 방도 차분해서 좋긴 한데"라며 망설이다가 "다리가 저려서 안 되겠어요" 하면서 웃더니 결국은 맨 끝 방, 그러니까 양쪽에 창문이 나 있는 벚나무 방을 골랐다. 초록색 꽃무늬가 그려진 팔걸이의자와 굽은 선 모양 다리가 달린 클래식한 원형 테이블이 있는 방이다. 두 사람이 알맞게 폭신폭신한 쿠션에 등을 기대고 앉는 모습을 확인한 다음, 히오는 주문을 받았다.

"저희 가게의 메뉴는 계절을 느낄 수 있는 화과자 시즌 제품과 차 세트입니다. 차는 호지차, 센차, 말차 중에서 고르실 수 있습니다."

히오는 주문을 받고 방에서 나와 반질반질한 복도를 빠르게 걷다가 오른손으로 계단 손잡이를 잡았다. 그러고는 한 칸 한 칸 조심조심 계단을 내려갔다.

히오가 나가고 나니 벚나무 방에는 잠시 정적이 찾아왔다. 그러다가 여자가 문득 남자에게로 고개를 돌렸다.

"그거 알아? 이 시기 날씨를 유채꽃 장마라고 한대."

"유채꽃 장마?" 남자는 익숙하지 않은 단어를 내뱉고 나서 고개를 갸웃거렸다.

"장마철이라고 하기엔 너무 이른 거 같은데?"

요 며칠은 내내 날씨가 흐렸다. 한번 내리기 시작하면 그칠 줄 모르고 추적추적 계속 내리는 비는 확실히 초여름을 알리는 장맛비와 닮았다.

"그래서 유채꽃 장마라는 거야. 봄이 시작되고 유채꽃이 제방을 노랗게 물들일 무렵에 내리는 비라서 그렇게 부른대. 초봄에 추위가 찾아오는 것도 꽃의 성장을 앞당기기 위해서고."

여자의 입가에 여유로운 미소가 머무른다.

"아하. 삼한사온 같은 건가?"

알아들었다는 듯이 고개를 끄덕끄덕하는 남자를 보던 여자가 검지를 세우고 좌우로 흔들었다.

"아니, 아니. 삼한사온은 봄이 아직 멀었을 때 쓰는 말이야. 유채꽃 장마는 시에서 겨울을 표현할 때 쓰는 계절어라고."

"어떻게 그렇게 잘 알아? 엘라한테는 못 당하겠어."

남자가 감탄했다.

"얼마 전에 서점에서 표지가 무척 아름다운 책을 봤는데. 계절을 표현하는 단어가 잔뜩 나와 있었어. 그 책에서 봤어."

"세시기(계절별 세시풍속을 적은 책-옮긴이)인가? 진짜 열심히 공부한다니까, 대단해."

"대단하긴 뭘……."

여자는 고개를 젓다가 눈을 내리깔고 그냥 좋아할 뿐이라고 덧붙였다.

1층으로 내려온 히오는 카운터 안쪽을 지나 주방으로 들어갔다. 레스토랑 시절에 쓰던 주방을 차를 준비할 수 있을 정도로 작게 고쳤다. 유리를 끼운 목제 선반에 식기가 제법 그럴싸하게 놓여 있다는 점만 빼면 일반 가정집의 주방과 별반 다르지 않다. 보건소의 지시에 따라 조리대 두 칸과 싱크대 두 칸 그리고 업무용 냉장고를 놓고 나니 간신히 주방이라고 부를 수 있을 정도다.

"말차 두 잔."

직원에게 전달하듯 방금 들은 주문 내용을 입으로 읊조렸지만 다른 직원이 있을 리 없다. 주문이 밀리면 주문서에 적어둬도 헷갈릴 때가 있다. 실수하지 않게끔 자신에게 들려주듯 소리 내어 말하는 건 히오 나름의 매뉴얼이다. 두 손으로 감싸듯 선반에서 말차용 찻잔 두 개를 끄집어냈다. 차를 꺼내고 뜨거운 물을 붓는 소리가 나더니 삭삭삭삭, 찻솔을 젓는 경쾌한 소리가 주방에 울린다. 히오는 말차와 과자를 담은 쟁반을 들고 계단을 올랐다. 그러면서 창문 너머에 우뚝 서 있는 내게로 눈길을 보냈다.

히오가 방에 들어왔을 때도 부부는 서서 창밖을 내다보고 있었다. 이따금 살랑살랑 불어온 바람이 활짝 피어 있던 꽃잎을 떨어뜨리고 지나갔다. 춤추며 떨어지던 꽃잎이 유리창에 달라붙었다. 보슬비가 내리고 있었다.
"비 오는 날 보는 벚꽃도 좋아."
여자가 황홀한 듯 눈빛을 반짝거린다.
"운치가 있지."
남자가 유쾌하게 웃었다.
"안 추우세요?"
히오가 히터를 켜려고 하자 여자가 만류한다.
"하나비에도 좋아요."
여자가 구사하는 능숙한 일본어에 놀라 히오가 눈을 휘둥그레 뜬다. 한차례 창밖의 경치에 빠져 있던 부부

의자에 앉았을 때 히오가 과자를 꺼냈다. 백앙금을 연분홍색으로 물들이고 고운 체에 거른 다음에 반죽으로 감싼 볼록한 생과자다. 가마쿠라보리(가마쿠라시 특산품으로 조각한 나무 그릇을 검게 옻칠하고 다시 붉은색 등으로 덧칠해서 만든 칠기-옮긴이) 접시 위에서 연한 복숭앗빛 자태를 드러내고 있다.

"어머나, 예뻐라."

여자의 눈이 동그래졌다.

"비에 젖은 벚나무를 표현한 과자예요."

히오는 화과자 가게에서 들은 대로 유래를 설명하고 고운 앙금이 흐트러지지 않도록 조심하면서 테이블 위에 올렸다.

"섬세하게 만든 과자군요."

남자가 깊이 감탄했다.

"찻잔도 근사해요."

여자가 말차 찻잔을 유심히 들여다본다.

"하기야키(야마구치현 하기시 일대에서 생산되는 일본 3대 도자기 중 하나로 사용할수록 차와 술이 스며들어 도자기 색이 변하는 것으로 유명하다-옮긴이)예요."

이 시기에 히오는 은은한 복숭아색 유약을 바른 이 찻

잔을 즐겨 사용한다. 벚꽃의 빛깔을 본떠서 만든 듯하다.

"이거 참, 말차 마시는 방법을 전혀 모르는데. 찻잔을 몇 번 돌리면서 마시는 거 맞죠?"

남자가 머리를 긁적인다.

"정식 다도회도 아닌걸요. 다도 예법은 신경 쓰지 마시고 편하게 드세요."

여전히 주뼛주뼛하는 부부를 쳐다보는 히오의 뺨이 실룩거렸다.

"저도 정식으로 배우지는 않았어요. 눈동냥으로 보고 배운 게 다예요."

"그렇군요."

남자는 어리둥절해 하면서도 마음이 놓이는지 편안하게 웃어 보였다.

"차와 과자, 그릇까지 계절감이 살아 있어서 너무 멋져요."

여자의 칭찬이 쑥스러운지 히오는 "그냥 좋아할 뿐이에요"라고 모기 같은 작은 소리로 수줍게 대답했다.

"그게 최고 아니겠습니까. 좋아하는 마음이 최고죠."

남자는 그렇게 대답하며 여자에게 애정 가득한 눈길을 보낸다. 그러고는 "안 그래?" 하며 동의를 구했다. 여자는 작게 후후 웃으며 고개를 끄덕였다.

이 비가 개화를 재촉하면 지금은 오므라들어 있는 꽃봉오리도 머지않아 활짝 열리겠지. 봄비는 내 몸을 부드럽게 어루만지며 계속 내렸다. 속절없이. 추적추적.

✽

역에서 가까운 곳에 절이 하나 있다. 경내의 벚꽃은 지금쯤 절정을 맞이했을 터. 그 절에는 다른 벚나무보다 꽃이 일찍 피는 가와즈벚나무부터 왕벚나무까지 온갖 벚나무가 뿌리를 내리고 있다. 그러니 이른 봄부터 얼마든지 벚꽃을 구경할 수 있는데도 사람들은 벚꽃이 일제히 만개하는 때를 기다리나 보다. 이 일대도 주말에는 북적북적했던 것 같다.

"오전부터 꽃구경하러 나왔는지 역 앞이 사람들로 넘쳐나더라니까."

미야코가 흥분한 목소리로 그렇게 말했다. 물이 오른 녹황색 가지를 꽃병에 꽂는 미야코도 가지처럼 화사한 연녹색 원피스를 입고 있다. 미야코네 꽃집이 자리한 북쪽 출구는 이 동네 역의 메인 출구다. 이름 있는 노포는 물론이고 새로 생긴 가게도 즐비해서 구경하는 재미가 쏠쏠하다며 언론에 특집으로 다루어진 적도 있다.

한편 카페 체리 블라섬이 있는 남쪽 출구 쪽은 주택가다. 관광객을 상대하는 세련된 가게보다는 주민의 일상생활에 필요한 슈퍼나 소매점이 많다. 지역 주민들은 애정이 담긴 말투로 남쪽 출구를 '뒷문'이라고 부르기도 한다. 그런 탓에 이 부근은 역에서 가까우면서도 소란스럽지 않고 어쩐지 시간이 천천히 흐르는 느낌이 든다. 그런데도 이 계절에는 히오도 눈코 뜰 새 없이 바빠진다.

"여기도 손님이 많이 몰리지?"

미야코가 물었다.

"네에, 매일 시끌벅적해요."

히오가 땀을 훔치는 시늉을 하며 쓴웃음을 짓는다. 카페 체리 블라섬도 연일 북새통을 이루어 정오부터 문을 닫는 오후 6시까지 손님의 발길이 끊이질 않는다. 물론 그렇게 북새통을 이루는 원인이 마당에서 꽃을 활짝 피우고 있는 나 때문이라는 걸 알기에 뭐라 변명할 수도 없다.

"손님이 많은 것도 좋지만."

미야코는 깔끔하게 다듬은 가지를 보기 좋게 꽃병에 꽂아나갔다.

"너무 바쁘면 페이스가 흐트러져서 곤란해."

미야코가 "손님이 없으면 없다고 투정 부리고 많으면 많다고 진절머리를 내다니 이런 걸 배가 불렀다고 하겠지" 하며 어깨를 움츠리자 히오가 고개를 끄덕끄덕해 보인다.

"아무 일도 없는 날이 얼마나 고마운지 실감하게 되죠."

방금 현관 옆 선반에 장식한 꽃병에 시선이 닿는다. 경쾌한 녹황색과 순백색이 대조를 이루며 꽃이 예쁘게 피어 있다.

"이 꽃은 꽃잎 끝이 프릴 장식같이 생겨서 귀엽네요."

히오가 가지 끝에 매달려 몸을 뒤로 젖히듯 평평하게 피어 있는 흰색 꽃잎을 가리켰다.

"미국산딸나무야."

미야코는 가로수로도 쓰이는 나무 이름을 말한 다음, 이렇게 덧붙였다.

"이게 꽃잎처럼 보이지? 근데 진짜 꽃은 이쪽이야."

그러면서 한가운데에 올라와 있는, 노란빛을 띤 녹색 부위를 가리킨다. 그것을 둘러싼 흰색은 꽃이 아니라 포라고, 다시 말해 잎의 일부라고 설명한다.

"이 포가 꽃봉오리와 작은 꽃을 보호하는 역할을 하거든."

그 말을 듣고 나니 갑자기 포가 늠름해 보이기 시작했다.

"화려하게 생겨서 자기 쪽으로 시선을 유도하는 거네요. 티 내지 않고 작은 꽃을 보호하다니 멋있는데요."

식물이 살아가는 방식에 대해 히오가 감동하자 미야코가 그러게 말이야, 하며 고개를 끄덕거린다. 잘라낸 가지를 한군데로 모으는 미야코의 어깨가 축 처졌다.

"사람이랑 달라도 너무 달라."

손끝으로 스마트폰 화면을 넘기는 흉내를 내며 쓸쓸하게 웃는다.

"왜들 그렇게 자기 좀 봐달라며 자랑을 해대는지. SNS를 보면 나 대단하지? 난 이런 것도 해, 하며 자랑 대행진이 이어진다니까."

아무리 편리한 도구라도 잘못 사용하면 남을 상처 입히고 자신을 과하게 노출하면서 보는 사람의 눈살을 찌푸리게 한다.

"그렇게 과시하지 않으면 뒤처진다고 생각하는지도 몰라요."

히오는 한숨을 토해냈다. 지난 주말에도 카페 안 여기저기에서 찰칵찰칵 사진 찍는 소리가 쉴 새 없이 울렸다. 물론 추억을 위해 기록을 남기는 건 무척 의미 있는 행동이라고 생각한다. 미야코가 장식한 꽃을 찍는 손님도 많았다.

"꽃은 직접 눈으로 봐야만 보이는 부분도 있는데."

사진으로만 남기지 말고 마음에 담을 여유를 가졌으면 좋겠다. 꽃을 사랑하는 꽃집 주인 미야코의 바람이 아닐까. 미야코는 꽃꽂이를 끝낸 미국산딸나무로 시선을 돌렸다.

"왠지 답답해."

지친 듯 한숨을 푹 내쉰다.

인간은 어느 틈에 이렇게 되어버렸을까. 겸양만이 미덕은 아니겠지만 자신이 거둔 성과를 그렇게 노골적으로 드러낼 필요가 있을까. 해야 할 일을 묵묵히 하는 것만으로는 만족하지 못하는 걸까.

"내 정신 좀 봐, 깜빡할 뻔했네."

미야코가 커다란 가방을 끌어당기더니 묵직한 종이봉투를 꺼내 히오에게 건넸다. 빨리 꺼내보라는 미야코의 성화에 못 이겨 히오는 종이봉투에 손을 집어넣었다. 둘둘 말려 있던 신문지를 펴던 히오가 탄성을 질렀다.

"우아, 이렇게 실한 죽순은 처음 봐요."

거무튀튀한 껍질이 붙은 죽순 세 개가 나왔다. 갓 수확했는지 수분을 적당히 머금고 있었다.

"엄마 친구가 산에 사시는데 해마다 이걸 보내주시거든. 나눠 먹으려고 갖고 왔어."

싱싱해서 생으로 먹어도 된다는 말을 들으며 히오는 잘 먹겠습니다, 하고 밝게 인사했다.

"오늘 저녁에는 아빠한테 요리 좀 해달라고 해야겠어요."

히오의 머릿속에 부모님이 기뻐하는 얼굴이 그려졌다.

"좋겠다. 아버지가 요리사라서."

레스토랑 체리 블라썸 시절에 식사하러 몇 번 온 적 있다며 옛날을 그리워하는 눈빛으로 말하던 미야코가 새삼 표정을 바꾸며 말을 이었다.

"참. 히오 씨한테 알려야 할 일이 있어."

미야코가 목소리 톤을 낮추자 히오는 과자를 찬합으로 옮기던 손을 멈췄다.

"있지, 이번에 가게를 옮기게 됐어."

마침 계약 기간도 끝나고 장사도 궤도에 오르면서 가게가 다소 좁다는 느낌이 들었다고 한다.

"정말요? 언제요?"

히오가 카페를 운영하기 전부터 미야코는 역 앞에서 꽃집을 하고 있었다. 새로 얻은 가게 리모델링이 끝나는 대로 옮긴다고 한다.

"어디로 옮겨요? 멀리 가는 거예요?"

저절로 질문이 많아졌다. 미야코에게 꽃을 맡겼는데 거리가 너무 멀면 자주 와달라고 부탁하기 미안해진다. 히오가 우물우물 입을 떼자 미야코가 웃음을 터뜨렸다.

"산길 위쪽인데. 여기서는 걸어서 갈 수도 있고 차로 가면 5분도 안 걸려."

역 앞의 도로를 따라 북쪽으로 가다 보면 완만한 언덕길이 나온다. 오르막길을 조금만 올라가도 주변 풍경이 달라진다. 내 친구들도 거기 살고 있는데 기온과 일조 시간이 다른 탓에 개화 시기도 며칠 어긋난다.

"아, 다행. 멀어질까 봐 걱정했잖아요."

딱딱하게 굳었던 히오의 뺨이 말랑말랑 녹는 게 보였다.

"이번에 이사 가는 데는 좀 낡긴 했어도 지금 가게보다 세 배 정도 넓어. 워크숍이나 이벤트도 열고 다른 사람이랑 가게를 같이 쓰는 것도 괜찮을 것 같아."

환한 표정으로 말하는 걸 보니 새 가게를 어떻게 운영할지 벌써 이것저것 계획을 세운 모양이다.

"기대돼요."

히오도 덩달아 표정이 상기되었다.

"실례합니다."

현관 쪽에서 목소리가 들렸다.

"네에. 들어오세요."

미야코는 부랴부랴 레이스 달린 앞치마를 손에 쥐고 깨끗하게 청소한 복도를 뛰어가는 히오의 등에 대고 이렇게 혼잣말하면서 꽃가위를 가방에 집어넣었다.

"새 가게에서는 히오 씨의 일일 카페 같은 것도 열어보고 싶어."

❃

"다 됐다. 발사믹 소스 뿌려서 먹어."

히오는 아버지가 시키는 대로 노릇노릇하게 구워진 죽순에 발사믹 소스를 주르륵 떨어뜨렸다.

"이 산뜻한 향은 뭐지? 이 허브 이름이 뭐더라?"

죽순을 덥석 베어 먹던 사쿠라코가 조리대 앞에 선 남편의 등에 대고 묻는다.

"어떤 거?"

남편이 뒤를 돌아보자 사쿠라코는 젓가락으로 죽순 위에 뿌려진 녹색 잎을 집어 보였다.

"이탈리안 파슬리. 향이 세지 않아서 죽순의 풍미를 해치지 않거든."

"아하, 그렇구나."

대충 맞장구를 치며 넘어가려는 어머니를 향해 히오가 어이없다는 투로 묻는다.

"엄마, 엄마는 매번 재료 이름 묻기만 하고 외울 마음은 손톱만큼도 없지?"

"어머, 얘는. 요리사는 우리가 맛있게 먹어주는 걸 제일 좋아하는 거 몰라?" 하며 사쿠라코가 사뭇 진지한 대사로 상황을 정리한다. 어딘가 나사가 하나 빠진 듯하지만 밝고 명랑한 사쿠라코의 성격이 이 가정의 평화를 유지한다고 나는 믿는다. 히오도 어머니를 따라 구운 죽순을 입에 넣었다.

"와아, 진짜 맛있다. 봄철 채소 특유의 쌉싸름한 맛이 있는데 그걸 새콤한 발사믹 소스가 잡아주니까 균형이 잘 잡히네. 기름에 구웠는데도 담백해서 계속 먹어도 안 질려."

"그렇지? 자꾸자꾸 손이 간다니까."

"어이, 내 몫은 남겨줘야지."

바쁘게 젓가락질을 이어가는 두 사람을 보다 못한 아버지가 웃으며 갓 튀긴 죽순 튀김을 식탁 위에 내려놓았다.

"반죽에 간을 좀 했어."

아버지 말마따나 바삭한 죽순 튀김은 코끝을 스치는 김의 풍미와 함께 자연스러운 간이 배어 있었다.

사쿠라코와 히오가 감탄하는 사이, "그렇지만 결국 이게 먹고 싶었지?" 하며 아버지가 식탁 한가운데에 질냄비를 떡하니 내려놓았다. 뚜껑을 열자 따스한 하얀 김이 확 올라왔다.

"와, 죽순밥이다."

두 사람의 탄성 속에 아버지도 만족스레 웃음을 터뜨렸다.

"당신이 지은 죽순밥은 진짜 끝내준다니까."

사쿠라코가 생글생글 웃으며 솔선해서 밥을 담아주나 했더니 내 착각이었다. 눈 깜빡할 사이 사쿠라코의 밥그릇이 절반이나 비워졌다.

"덕분에 엄마랑 난 요리는 영 젬병이잖아."

히오가 어깨를 으쓱한다.

"아빠는 요리사, 엄마는 지배인. 역할 분담 제대로 하고 있는 거지."

사쿠라코의 말에,

"엄마가 요리를 못하니까 그랬던 거 아냐?"

히오가 짓궂게 말하자 사쿠라코는 짐짓 딴청을 피운다.

"외할머니 가게니까 내가 물려받아야지."

"세습이야, 세습" 이러더니 "그래서 내가 너한테 물려줬잖아" 하고 덧붙였다.

사쿠라코의 말을 듣다 보면 어느새 사쿠라코의 장단에 넘어가 어느 순간 술술 그냥 다 맞는 말처럼 들린다. 히오는 말려들지 않도록 애를 쓰면서 물었다.

"그럼 체리 블라썸은 대대로 여자가 맡아야 하는 거야?"

사쿠라코는 잠시 고개를 갸우뚱거리며 생각에 잠겼다.

"그건 아니지만. 필연적이랄까."

사쿠라코는 그건 깊게 생각 안 해봤다고 중얼거리고 나서 다시금 젓가락질을 이어나갔다.

✤

꽃이 지자 일대를 떠들썩하게 만들었던 축제 분위기도 서서히 사그라들었다. 이어서 그런 날이 있었나 싶을 만큼 고요한 일상이 다시 찾아왔다. 산벚나무는 왕벚나무보다 조금 늦게 만개하지만 이제는 나도 꽃보다 잎이 눈에 띄기 시작했다.

마당 한쪽에서 코를 벌름거리며 냄새를 맡는 시바견을 지켜보던 노인의 어깻죽지에 꽃잎이 한 장 떨어졌다. 꽃잎을 손에 쥔 노인이 나를 응시한다. 그 눈빛은 쓸쓸해 보이면서도 뭔가를 성취한 듯한 느낌을 담고 있다. 사람은 지는 벚꽃을 보며 끝이 정해져 있는 인생을 돌아본다. 그러면서 자기 힘으로는 어찌하지 못하는 유한한 삶에 번민한다.

그들이 떠나고 한동안 느슨한 정적에 휩싸였다. 얼마 후 여느 때처럼 히오가 나타나 마당을 청소하기 시작했다. 빗자루로 쓸어 모은 꽃잎 위로 내 모습이 비치는 것 같았다.

히오가 쓰레받기로 꽃잎을 쓸어 담는다.

"오래 기다렸지?"

목소리의 주인은 사쿠라코다. 손에는 연지색 보자기 꾸러미가 들려 있었다.

"고마워. 덕분에 살았어."

사쿠라코는 히오가 감사 인사를 하는데도 그래그래, 하며 적당히 받아넘기고는 나를 물끄러미 쳐다보았다.

"벚꽃 시즌도 끝이구나. 이게 마지막 사쿠라모찌네."

이 계절에 히오는 여러 가지 과자를 준비하지만 그중에서도 사쿠라모찌가 단연 으뜸이다. 물론 손님들도 사쿠라모찌를 좋아했다. 히오는 여러 화과자 가게를 돌아다니면서 어떤 날은 관동풍, 어떤 날은 관서풍을 준비했다. 그렇게 사쿠라모찌가 활약하는 시기도 서서히 끝이 가까워지고 있다. 오늘은 외출하는 사쿠라코에게 생과자를 사다 달라고 부탁했던 모양이다.

"엄마 덕에 마당 청소 거의 다 했어."

"이 시기에는 쓸어도 쓸어도 끝이 없지."

웬일로 진지한 말을 한다. 이런 상황에 염치도 없이 방금 청소한 깨끗한 마당 위로 내 몸에 붙어 있던 꽃잎이 팔랑팔랑 떨어져내렸다. 사쿠라코가 보자기에 싸인 과자 상자를 건네며 싱거운 미소를 내비쳤다.

"히오. 넉넉하게 사 왔는데, 같이 안 먹을래?"

처음부터 그럴 셈이었구나.

"좋아."

히오가 입꼬리를 올리며 카페 안으로 들어가자고 했지만 사쿠리코는 내 밑동에 몸을 기대고 앉았다.

"여기서 먹자. 마당에서 꽃구경도 하고."

양손으로 무릎을 껴안고 앉아서 꽃이 지기 시작한 나를 올려다본다. 히오도 그 옆에 앉아 어머니와 똑같은 각도로 턱을 위로 치켜들었다.

"벚꽃이 조금만 더 남아 있었으면 좋았을걸."

아쉬워하면서 과자 꾸러미를 푼다.

"그런 말 마. 지금이라서 좋은 거야. 벚꽃이 한창일 때는 비도 자주 내리고 날씨도 생각보다 추워서 느긋하게 밖에 있지도 못해. 괜히 어수선하고. 그렇지만 꽃이 질 무렵에는 마음도 차분해지고, 그래서 좋지."

사쿠라코가 방금 사 온 사쿠라모찌를 입에 넣고는 맛있다며 눈웃음을 짓는다.

"듣고 보니 그렇네."

사람들은 만개한 벚꽃을 아끼고 사랑한다. 물론 그런 마음도 고맙지만 벚꽃의 아름다움은 꽃이 다가 아니다.

만개한 벚나무 아래에 모여 꽃놀이를 즐기는 것도 좋다. 하지만 꽃이 질 때만 느낄 수 있는 멋과 맛도 있다. 눈에 보이는 장점만 보지 말고 내면에 감춰진 장점까지 찾아낼 수 있다면 인생이 훨씬 더 풍요로워질 텐데. 내가 그런 생각에 빠져 있는 동안에도 두 사람은 즐거이 담소를 나누었다. 휘익 불어온 바람이 내 잎사귀를 흔들고 지나갔다. 히오와 사쿠라코의 머리 위로 꽃잎이 떨어진 순간 두 사람은 얼굴을 마주 보았다.

"마지막 벚꽃인가 봐."

두 사람은 동시에 길게 숨을 들이마셨다.

"요 며칠은 정신없이 바빠서 제대로 숨도 못 쉬고 일한 기분이야."

미지근한 바람이 신록의 계절이 가까이 왔다고 알려주었다.

눈코 뜰 새 없이 바빴던 나날이 지나가고 있다. 분주한 일상에 끌려다니다 보면 주위가 보이지 않는다. 바람 소리와 나뭇잎 소리에 귀를 기울이는 순간이 얼마나 소중한지 잊지 않기를. 자연에 마음을 기울이면 예기치 않게 시야가 열리고 생각이 깊어진다. 히오는 자연이 주는 행복감에 젖어 봄에서 여름으로 옮겨가는 바람을 온몸으로 느꼈다.

"주인장 양반. 이제 가게 문 열 시간 된 거 같은데? 그림, 수고해."

사쿠라코는 딸의 어깨를 한 번 쓰다듬고서 발길을 돌렸다. 그 뒷모습에 대고 히오가 살며시 "선배님, 고맙습니다" 하고 정답게 인사하는 모습이 내 눈에도 또렷이 새겨졌다.

✣

"센차 하나, 호지차 하나."

평소처럼 히오는 주문 내용을 읊조리며 차를 준비하고 있다. 센차는 뜨거운 물을 조금 식힌 다음에 우려낸다. 센차 특유의 단맛을 끌어내기 위해서다. 반대로 호지차는 고소한 향을 살리기 위해 뜨거운 물에 우린다.

오후 3시가 지났을 즈음 여자 손님 두 명이 카페를 찾아왔다. 한 명은 체구가 크고 히오와 나이가 비슷해 보이지만 나머지 한 명은 홀쭉하게 야윈 데다 흰머리가 듬성듬성 섞여 있는 걸 보니 조금 더 나이가 많아 보인다. 그런데도 스스럼없이 대화를 주고받는 모습에서 두 사람이 허물없는 친구 사이 같기도 한데 그게 아니라면 어떤 사이일까 궁금해하며 히오는 손을 움직였다.

좀 전에 주문받던 때를 떠올린다.

"호지차는 카페인 없어요?"

히오 또래인 듯한 체구가 큰 여자가 물었다.

"차를 볶을 때 어느 정도 날아가긴 하는데요, 그렇다고 카페인이 아예 없지는 않아요."

요즘은 디카페인 커피도 인기라고 들었다. 호지차는 카페인 함유량이 적기 때문에 어린아이나 노인도 잠자리에 들기 전에 편하게 마실 수 있다.

"괜찮겠어?"

몸집이 큰 여자가 히오의 대답을 듣고 나서 물었다.

그러자 호리호리한 여자가 미소를 그려내며 "응. 카페인도 약간은 괜찮대" 하고서 히오를 향해 "저는 호지차 주세요"라고 말했다.

"고생 많았지?"

히오가 자리를 떠나기 전에 걱정스레 묻는 목소리가 들렸다.

"이제 괜찮으니까 걱정 안 해도 돼. 지금도 약은 먹고 있고 정기적으로 검사도 받아야 하지만."

"정말 다행이야. 건강해 보여서 안심했어. 다시 이렇게 외출할 수 있어서 너무 좋다."

두 사람의 대화로 짐작하건대 호지차를 주문한 여자는 몸이 회복된 지 얼마 안 된 느낌이다. 무슨 병에 걸렸었는지는 모르지만 외출해서 차를 마실 수 있을 정도로 나았나 보다. 히오는 재회의 장소로 체리 블라썸을 찾아준 두 사람에게 감사하며 정성껏 차를 끓여야겠다고 다짐하면서 주방으로 들어갔다.

한순간 대화가 끊기자 두 사람은 자연스럽게 창밖에 서 있는 내게로 시선을 옮겼다.

"하나후부키(벚꽃 꽃잎이 눈보라처럼 흩날린다는 뜻-옮긴이)."

그렇게 말하는 야윈 여자의 말투가 야무져서일까, 마치 사극에서 결정적인 대사를 입에 올리는 배우처럼 진지해 보였다. 하나후부키. 어째서 벚꽃에 눈보라라는 표현을 쓰는지 신기해할지도 모르겠다. 벚꽃 꽃잎이 떨어지는 속도는 초속 5센티에서 1미터 사이라고 한다. 벚꽃이 땅에 떨어지는 속도가 눈이 내리는 속도와 거의 같다는 이유로 그런 표현이 생겨났다.

"질 때도 참 깨끗하게 지는구나."

체구가 큰 여자가 눈을 가늘게 떴다. 바람이 세게 불 때마다 꽃잎이 나풀거리며 떨어졌고 그중 몇 장이 창문을 두드렸다.

히오가 쟁반에 차와 과자를 얹어 돌아왔다.

"사쿠라모찌입니다."

히오가 쟁반을 내려놓자 아니나 다를까 어리둥절해하는 목소리가 들렸다.

"어머, 잎사귀밖에 없는데요?"

두 사람은 얼떨떨한지 어? 하는 표정을 지었다. 백화점이나 슈퍼에서 흔히 볼 수 있듯이 벚나무 잎이 분홍색 떡을 감싼 모습을 상상했겠지만, 얇은 흰색 접시 위에 올려진 이 사쿠라모찌는 큼지막한 벚나무 잎사귀 몇 장이 떡을 완전히 덮고 있어서 안에 든 내용물이 전혀 보이지 않는다.

사쿠라모찌에는 도묘지 가루로 만드는 관서풍과 밀가루로 만드는 관동풍이 있다고 지난번에 히오가 미야코에게 설명하는 것을 들어서 나도 잘 안다. 과자는 만드는 사람의 손안에서 다양한 모양으로 변신한다. 그래서 흥미롭다. 특히 화과자는 계절감이 살아 있어서 더더욱 운치가 있다.

"떡 반죽에 앙금을 넣고 벚나무 잎사귀 세 장으로 감싼 과자입니다."

오늘 아침에 사쿠라고와 둘이 시식을 마쳤기에 자신 있게 설명할 수 있다. 밀가루로 만들었으니 굳이 따지자면 관동풍이다. 사쿠라모찌의 원조라고 뒷말을 잇는 히오의 굼뜬 설명을 두 사람은 흥미진진하게 듣고 있다.

"벚나무 잎사귀로 감쌌다고 하니까 왠지 고상한 느낌이 든다, 그치?"

체구가 큰 여자는 그렇게 말하고 나서 "뭔가 은밀한 아름다움이 느껴져. 안에 든 떡도 분홍색이 아니라 흰색이야" 하며 잎사귀 안을 들여다보았다.

"커다란 벚나무 잎사귀를 세 장이나 쓴 모찌라니 분에 넘치는 기분이야. 오늘 운이 좋은걸?"

깔깔 웃는 마른 여자를 실눈을 뜨고 바라보는 눈빛이 따스하다. 두 사람은 마음이 통하는 절친이 틀림없다는 확신이 들자 보고 있는 나까지 행복한 기분이 들었다.

"편안한 시간 되세요."

히오는 각별히 마음을 담아 작지만 상냥하게 인사했

다. 나는 그 모습을 옆에서 지켜보며 형식적인 인사가 아니라 진심에서 우러나온 인사임을 그들이 알아주기를 바랐다.

  시간이 고요히 흐르고 있었다. 2층의 두 손님은 편히 쉬고 있는지 때때로 즐거운 웃음소리가 내 귓가에 들려왔다. 히오가 이대로 아무도 오지 않고 그들이 편안하게 있다가 갔으면 좋겠다고 생각하던 참이었다.

"안녕하세요."

  현관 쪽에서 들려오는 손님의 높은 목소리에 카페가 들썩거렸다. 히오는 손님이 안 왔으면 좋겠다고 생각하다니 장사꾼 실격이라며 오른손 주먹으로 자기 머리를 콕 쥐어박고는 마음을 다잡고 현관으로 향했다.

"대박, 너무 예쁘다."

  이십 대로 보이는 여자 손님 두 명이 스마트폰 카메라를 여기저기 갖다 댔다. 찰칵 찰칵 소리가 고요한 카페에 울려 퍼진다. 어서 오세요, 하고 인사하는 히오에게까지 카메라를 들이대기에 허둥지둥 양해를 구한다.

"죄송하지만 카페 사진만 부탁드려요."

"아, 죄송해요."

손님은 깔끔하게 스마트폰을 거뒀지만 어딘가 소란스러운 그들의 분위기에 압도되어 히오는 마음이 술렁거렸다. 위층으로 안내하자 2층 복도에서 바깥을 내다보며 앞서 걷던 사람이 큰 소리로 "벚꽃이 거의 다 졌어. 실망이야!" 하면서 과장되게 어깨를 축 늘어뜨리자 뒤따라오던 일행도 섭섭한지 "흑흑" 우는 연기를 하며 얼굴을 찡그렸다. 그들의 발소리 때문이었을까, 먼저 와 있던 두 손님이 복도를 내다보았다. 새 손님을 안내하는 히오를 향해 "저희는 이만 갈게요. 계산 부탁드립니다" 하고 말을 걸었다.

"자리에 계시면 제가 계산 도와드리겠습니다."

그 손님들의 분위기를 깨고 싶지 않았다. 히오는 일단 두 사람을 다시 방으로 돌려보낸 다음 새로 온 손님들을 안쪽 방으로 안내했다. 그때였다.

"모녀끼리 온 사람들 봤어? 나도 다음엔 엄마랑 같이 와야지."

젊은 손님의 목소리 톤이 높은 탓에 그 말이 카페 전체에 울려 퍼졌다.

"모녀? 우리가 그렇게 보이는 거야?"

마른 여자가 놀라서 말을 버벅거렸다. 히오는 무슨 말을 건네야 할지 미처 생각을 정리할 겨를도 없이 곧바로 말을 밀어냈다.

"저 두 분은 친구신데 너무 사이가 좋아서 부러워요."

누가 들어주길 바라고 한 말은 아니었다. 그냥 공기에 대고 필사적으로 내뱉었다. 먼저 와 있던 손님에게 상처를 주고 싶지 않다는 마음뿐이었다. 젊은 손님들은 히오의 말을 듣는 둥 마는 둥 신경 쓰는 기색도 없이 방으로 들어갔다. 더 이상 어떤 말을 건네더라도 되돌릴 수는 없다는 생각에 가슴이 답답했다. 만개한 꽃이 아니라 서서히 지기 시작한 꽃잎. 겉으로 드러난 사랑스러움이 아니라 고상하게 잎사귀에 싸여 있는 흰색 떡. 그런 것들이 삶을 여유롭게 해주고 아름답게 해준다고, 어떻게 하면 전할 수 있을까.

체구가 큰 손님이 친구의 앙상한 어깨에 손을 올린 채 흰머리가 섞인 머리카락을 매만지며 쓸쓸하게 웃었다. 그래도 두 사람은 끝까지 "덕분에 좋은 시간 보냈어요"라고 공손히 인사까지 하고서 가게를 나섰다. 두 사람의 뒷모습이 아지랑이처럼 가물거리며 작아졌다. 마당에 떨어진 꽃잎이 뱅글뱅글 돌며 작은 원을 그린다. 마치 다람쥐 쳇바퀴 돌 듯 이리저리 회오리치는 자신의 머릿속 같았다. 히오는 숨이 막혔다.

2장

푸른 벚나무

 산벚나무의 잎은 개화부터 만개까지 적갈색을 띠지만 꽃이 지고 나면 녹황색에서 녹색으로 변해간다. 이윽고 온통 초록빛으로 굼실거리는 순간이 찾아온다.

 시바견과 산책을 나온 노인이 걸음을 멈추고 머지않아 초록색 잎사귀로 무성해질 나를 올려다본다. 날씨가 포근해져서 기분이 좋은지 시바견이 황토색 꼬리를 휙휙 흔든다. 리드줄에 잡힌 채 내 주위를 천천히 도는 사이 걸음이 점점 가벼워진다. 속도가 올라가고 걸음이 빨라지더니 뛸 듯이 빙빙 돌기 시작한다. 노인은 시바견을 쫓아가기 벅찬 듯 난처한 웃음을 흘리면서도 나름대로 빨리 걷고 있다. 나는 노인이 리드줄을 쥐고 있다기보다 개에게 끌려다니는 듯한 그 광경을 흐뭇하게 지켜보았다. 무심코 새어 나온 웃음이 나뭇잎을 흔들어 쏴쏴 소리를 냈다.

평소와 다름없이 그들이 떠나고 세 시간쯤 뒤에 나타난 히오는 짐을 내려놓자마자 현관 앞에 쪼그려 앉았다. 원래는 빗자루로 마당부터 쓰는 것이 히오의 루틴이지만 이 시기에는 풀을 뽑는 작업이 추가된다. 잡초는 아무리 뽑은들 이튿날이면 또 수북이 올라온다. 반짝이는 햇빛을 받아 꽃도 나무도 쑥쑥 자란다. 뽑아야 하는 잡초와 남겨놔야 하는 풀을 구분하느라 매일 하는 일인데도 시간이 오래 걸린다.

"후유."

다 끝났는지 히오는 자리에서 일어나 기지개를 켜더니 청소 도구를 그대로 내팽개치고서 카페 안으로 들어갔다. 잠시 후 오른손에는 대바구니, 왼손에는 보온병을 들고서 다시 마당에 나타났다. 말끔히 청소한 마당에 천을 깔고 앉아 대바구니에서 다기를 차례차례 꺼냈다. 뜨거운 물을 어느 정도 식힌 다음에 찻잎을 넣은 찻주전자에 붓는다. 천천히 찻주전자를 기울이자 백자 찻잔 안이 내 어린잎과 닮은 화사한 황록색 액체로 가득 찼다.

"어, 밖에서 차 마시는 거야? 분위기 있다."

쪽문으로 미야코가 얼굴을 내밀었다.

"같이 드실래요? 올해 딴 새 차예요."

쏟아지는 햇살이 히오의 옆얼굴을 환하게 비추었다.

입춘에서 88일째 되는 날을 팔십팔야(일본의 고유 절기로 5월 1일이나 5월 2일에 해당한다-옮긴이)라고 하는데 이때쯤 되면 새 차의 맛과 수확량이 안정된다. 이때부터 날씨도 일정한 상태가 유지되기 때문에 농가에서는 이날을 기준으로 못자리를 내거나 볍씨를 뿌린다. 또한 이날 딴 찻잎은 길운을 불러온다고 하여 귀하게 여긴다. 각지에서 차를 재배하는 농가의 찻잎은 지금쯤 절정을 맞이했을 터. 그래서인지 찻잔 속의 액체가 반드르르 윤이 난다.

"좋지" 하고 미야코가 생긋 웃으며 옆에 와서 앉자 히오가 차를 따라준다.

"과자도 같이 드세요."

마치 소꿉놀이라도 하는 양 찻잔을 살며시 내려놓는다. 대바구니에서 꺼낸 종이 상자에는 보라색 건과자가 들어 있다. 붓꽃이네, 하고 미야코가 과자 이름을 읊조린 순간 바람이 스르르 불어와 내 잎사귀를 마구 흔들었다.

아, 좋다, 하며 미야코는 눈을 가늘게 뜨고서 힘주어 말했다.

"자연은 정말 위대해. 어느새 나와 소중한 사람들 곁에 다가와 있단 말이지."

그래서 초목을 만지는 일을 직업으로 삼았구나, 생각하면서 히오는 미야코의 온화한 옆얼굴을 지그시 바라보았다.

"오늘은 흔하지 않은 걸 갖고 왔어."

미야코가 옆에 놓인 꽃 꾸러미를 히오에게 보여주었다. 꾸러미 밖으로 노란색 수염이 삐져나와 있다.

"보리, 맞아요?"

"맞아. 보리는 이 시기에 익거든. 신록과는 정반대야. 거기다 이렇게 아름다운 황금빛이라니."

주위가 온통 푸른빛으로 물들었을 때 혼자만 이렇게 황금색으로 반짝이면 얼마나 아름다울까. 잠깐 상상에 빠져 있으려니 미야코가 말을 이었다.

"보릿가을은 이 시기를 가리키는 말이야. 보리로서는 지금이 가을이라서. 모두가 여름을 향해 갈 때 가을을 맞이하는 식물이 있다니 멋있지 않아?"

훈훈한 바람이 불어오자 미야코의 미소가 한결 더 빛

나 보였다.

❖

　날씨가 찌뿌둥한 게 비가 올 것 같더니 아니나 다를까 뉴스에서 장마가 시작됐다는 소식을 알렸다. 날씨가 안 좋아서 손님의 발길이 뜸할 줄 알았는데 실제로는 그렇지도 않았다. 근처에 수국으로 유명한 절이 있는데 수국이 절정을 맞이하면 동네에 관광객이 확 늘어난다. 인근 절에 수국을 보러 왔다가 카페 체리 블라썸에 훌쩍 들르는 사람도 있다.

　히오는 빗소리를 들으며 과자를 담았다. 설탕과 달걀을 넣어서 만든 폭신한 카스텔라 반죽에 규히(화과자 재료 중 하나로 찹쌀가루에 설탕이나 물엿을 넣고 졸인 반죽-옮긴이)를 넣고 감싼 은어 과자다. 인두로 눈과 꼬리를 표현한 모습이 정말 귀여운 이 과자는 은어 철이 시작되는 시기가 되면 화과자 가게에서 자주 볼 수 있다.

　히오가 비닐 포장한 과자 하나를 손에 들자 마치 은어가 당장이라도 헤엄칠 기세로 꿈틀거리는 느낌이 들었다. 강에서 힘차게 헤엄치는 은어를 상상하며 '쑥쑥 자라야 한다' 하며 혼잣말을 해본다. 상상 속의 맑은 물소리가 어느새 빗소리로 바뀌어 카페를 에워쌌다.

비가 내리면 카페를 둘러싼 공기의 농도가 촉촉하게 짙어진다. 여태껏 이 건물이 걸어온 발자취가 평소에는 몸을 숨기고 있다가 비가 내리면 단번에 응축되어 나타나는 게 아닐까. 미야코의 손길을 거쳐 카운터 위에 놓인 파랑과 자줏빛이 섞인 산수국이 눅눅한 실내에 상쾌함과 차분한 정취를 더해주고 있다. 미야코의 새 꽃집은 역 앞의 대로와 이어진 뒷산 근처라고 한다. 곧 새로 가게를 열 미야코의 들뜬 마음이 내게도 그대로 전해졌다.

"새 가게, 엄청 기대돼요."

"여름에는 반딧불이도 볼 수 있대. 집주인한테 들었어."

히오는 미야코가 커다란 눈망울을 반짝이며 말하던 모습을 떠올리며 레이스처럼 비쳐 보이는 산수국을 살포시 어루만졌다. 여리여리하게 보이는 수국의 촉감은 상상 이상으로 단단했다.

"아, 이러고 있을 때가 아니지."

영업 준비를 대충 끝내고 멍하니 앉아 있던 히오가 벌떡 일어났다. 손수건만 한 흰색 천을 펼치고 있던 사이 벌써 오픈 시간이 되었다. 카운터 한쪽에는 자그마한 데루테루보즈(맑은 날씨를 기대하며 흰색 천이나 종이로 만들어 매달아두는 인형-옮긴이)가 걸려 있다. 데루테루보즈를 매달면서 히오는 이렇게 중얼거렸다.

"미야코 씨 이사하는 날 비가 오지 않게 해주세요."

그리고 새 가게가 잘되게 해주세요, 하고 마음을 담아 빌었다.

❀

나는 비를 맞으며 잎사귀를 최대한 크게 부풀렸다. 지금 가지와 잎이 붙어 있는 자리에 작은 새싹이 돋아났다. 알아보는 사람은 거의 없다. 꽃이 지고 나면 벚나무는 존재마저 잊히기 십상이지만 이렇게 비가 부슬부슬 내리는 날도 차분하게 내년에 필 꽃눈을 키우고 있는 것이다. 소중한 작은 꽃눈을 알아봐주는 사람은 없지만 그럼에도 조바심이나 화가 나지 않는 건 이런 과정이 내년의 개화로 이어진다는 사실을 알기 때문이다. 주어진 일을 망설임 없이 묵묵히 행할 뿐. 본질을 가르쳐주는 자연이 항상 옆에 있다는 것을 안다면 사람도 기댈 곳이 없다며 불안해하지 않아도 될 텐데. 훨씬 더 풍요로운 마음으로 살아갈 수 있을 텐데.

데루테루보즈 덕분일까, 미야코가 이사하는 날에는 잠시 장맛비가 그쳐 쾌청했다. 히오는 가게 문을 잠시 닫고 이사를 도우러 갔다. 나도 히오의 가방 안에 잎을 한 장 떨어뜨려 따라갔다.

"가게가 작아서 혼자서도 충분해."

미야코는 한사코 마다했지만 막상 이사가 시작되자 이삿짐센터 직원에게 지시를 내리고 열쇠로 문을 열었다 잠갔다 하는 등 양쪽 점포를 오가며 할 일이 생각보다 많은 탓에 정신이 없어 보였다. 그래도 미야코가 차로 물건을 미리 조금씩 옮겨놓아서 그런지 이삿짐센터 직원이 큼지막한 비품을 운반하고 나자 싱거울 정도로 순식간에 가게가 텅 비었다. 미야코는 뜨거운 볕 때문에 이마에 맺힌 땀을 닦으며 물건을 빼낸 가게를 두리번거렸다.

"이렇게 보니까 생각보다 넓구나."

진지하게 중얼거리다가 고개를 번쩍 들더니 "저쪽 가게 확인도 하고 이사비도 줘야 하잖아. 지금 산에 가봐야겠다" 하면서 바닥에 놓여 있던 양동이 몇 개를 들고 허둥써 오픈 시간이 되었다. 카운터 한쪽에는 자그마한 데루테루보즈(맑은 날씨를 기대하며 흰색 천이나 종이로 만들어 매달아두는 인형-옮긴이)가 걸려 있다. 데루테루보즈를 매달면서 히오는 이렇게 중얼거렸다.

"미야코 씨 이사하는 날 비가 오지 않게 해주세요."

그리고 새 가게가 잘되게 해주세요, 하고 마음을 담아 빌었다.

❁

나는 비를 맞으며 잎사귀를 최대한 크게 부풀렸다. 지금 가지와 잎이 붙어 있는 자리에 작은 새싹이 돋아났다. 알아보는 사람은 거의 없다. 꽃이 지고 나면 벚나무는 존재마저 잊히기 십상이지만 이렇게 비가 부슬부슬 내리는 날도 차분하게 내년에 필 꽃눈을 키우고 있는 것이다. 소중한 작은 꽃눈을 알아봐주는 사람은 없지만 그럼에도 조바심이나 화가 나지 않는 건 이런 과정이 내년의 개화로 이어진다는 사실을 알기 때문이다. 주어진 일을 망설임 없이 묵묵히 행할 뿐. 본질을 가르쳐주는 자연이 항상 옆에 있다는 것을 안다면 사람도 기댈 곳이 없다며 불안해하지 않아도 될 텐데. 훨씬 더 풍요로운 마음으로 살아갈 수 있을 텐데.

데루테루보즈 덕분일까, 미야코가 이사하는 날에는 잠시 장맛비가 그쳐 쾌청했다. 히오는 가게 문을 잠시 닫고 이사를 도우러 갔다. 나도 히오의 가방 안에 잎을 한 장 떨어뜨려 따라갔다.

"가게가 작아서 혼자서도 충분해."

미야코는 한사코 마다했지만 막상 이사가 시작되자 이삿짐센터 직원에게 지시를 내리고 열쇠로 문을 열었다 잠갔다 하는 등 양쪽 점포를 오가며 할 일이 생각보다 많은 탓에 정신이 없어 보였다. 그래도 미야코가 차로 물건을 미리 조금씩 옮겨놓아서 그런지 이삿짐센터 직원이 큼지막한 비품을 운반하고 나자 싱거울 정도로 순식간에 가게가 텅 비었다. 미야코는 뜨거운 볕 때문에 이마에 맺힌 땀을 닦으며 물건을 빼낸 가게를 두리번거렸다.

"이렇게 보니까 생각보다 넓구나."

진지하게 중얼거리다가 고개를 번쩍 들더니 "저쪽 가게 확인도 하고 이사비도 줘야 하잖아. 지금 산에 가봐야겠다" 하면서 바닥에 놓여 있던 양동이 몇 개를 들고 허둥지등 가게 밖으로 나갔다. 양동이에는 몇 가지 화초가 들어 있었다. 꽃잎이 섬세한 화초는 다루기가 까다로워서 자기가 직접 옮겨야 한다고 했다. 히오는 그때 나눴던 대화 내용을 회상했다.

"다른 사람이 운전하면 멀미가 나서 싫대."

미야코는 그렇게 말하면서 어깨를 으쓱해 보였다.

"멀미요? 식물도 멀미 같은 걸 해요?"

히오가 놀란 토끼 눈을 하고 묻자 미야코가 웃으며 고개를 가로저었다.

"사람처럼 토하는 건 아니고…… 그렇지만 안색이 나쁘다고 해야 하나, 어쩐지 기운이 없어 보여."

구체적으로 말하자면 수분이 부족해서 고개를 떨구거나 꽃잎을 떨어뜨리는 모습을 의미할 것이다.

"미야코 씨는 꽃의 기분까지 아시는군요."

미야코는 글쎄, 하며 잠시 생각하고 나서 대답했다.

"뭐랄까, 꽃이 가르쳐주거든. 곧 꽃이 필 거야, 물을 마시고 싶어, 하면서."

"목소리가 들려요?"

"관심을 가지면 알 수 있어. 히오 씨도 그렇잖아."

손님의 기분을 파악할 수 있지 않느냐고, 그때마다 어

떻게 대응할지 고민하지 않느냐는 미야코의 말에 히오는 자신을 돌아보았다.

히오는 지난번에 병이 나은 지 얼마 안 돼 카페에 왔던 손님이 생각났다. 어렵게 가게를 찾아줬는데 어쩌면 다른 손님이 아무 생각 없이 내뱉은 말에 상처를 입었을지도 모른다. 악의는 없었으리라. 하지만 그때 젊은 손님의 말은 사려 깊지 못했다. 히오는 자신의 미숙함에 고개를 내저었다. 손님의 기분까지 파악하는 경지에는 이르지 못했다. 고개를 숙이자 방금까지 양동이가 놓여 있던 자리의 물웅덩이가 시야에 잡혔다. 이어서 미야코는 이런 말도 했었다.

"그런데 말이야, 식물은 자기 자식이 아니야. 종종 꽃이나 나무를 보고 '애'라고 부르는 사람이 있는데 난 그건 좀 아닌 것 같아."

세련되고 멋진 라이프스타일을 제안한다고 하는 이들이 그런 표현을 쓰는 것을 들은 적이 있다. 반려동물이라면 몰라도 꽃집에서 산 꽃이나 곧 조리해서 먹을 채소와 고기 등의 신선식품과 식기, 잡화까지 의인화해서 말하는 것을 들으면 위화감이 느껴질 때가 있다.

"오랫동안 키워온 식물이나 즐겨 쓰는 물건에 애착이

생기는 걸 모르는 건 아니지만, 너무 아무렇지 않게 부르는 걸 보면 좀 그래."

미야코의 말이 언뜻 인정머리 없고 차갑게 들릴 수도 있다. 하지만 자연과 생명의 소중함과 덧없음을 알기에 마냥 가볍게 어린이이처럼 귀여워하는 태도에 경고를 보내는 거라고 나는 생각한다. 식물을 다루는 일을 생업으로 삼고 있는 사람이기에 할 수 있는 말이다.

히오는 텅 빈 미야코네 가게의 콘크리트 바닥을 쓸었다. 서늘하고 어두컴컴한 가게에서는 아무 소리도 들리지 않았다. 하지만 출입문에 끼워진 유리창 너머로 비치는 밝은 햇살은 한 발짝 먼저 여름에 다가선 것 같았다.

✤

카페 체리 블라썸의 영업시간은 정오부터 오후 6시까지다. 주문은 문 닫기 30분 전까지 받는다. 따라서 그때 가게 안에 손님이 없으면 5시 30분에 영업을 마감한다.

장마철인데도 강우량이 별로 많지 않지만 우중충한 구름이 묵직하게 드리워진 탓에 요즘 기분이 영 개운하지 않다. 장마철이니 어쩔 수 없다는 걸 알면서도 화창한 날씨를 그리워하게 된다. 장부를 넘기던 히오가 한숨을 푹 내쉬었다.

"고작 두 팀이 다라니."

둘이서 온 손님 한 팀과 혼자 온 손님. 겨우 세 명을 맞이했을 뿐인데 벌써 저녁이다. 히오는 현관에 '영업 종료' 팻말을 내걸고 문을 잠갔다. 왁자지껄한 날이 있는가 하면 심지어 손님이 한 명도 없는 날도 있다. 수입은 들쭉날쭉하지만 본가 소유의 가게에서 영업하는 것이니 다행히 월세 걱정도 없고 따로 인건비가 드는 것도 아니어서 생각보다 매달 들어가는 유지비는 많지 않다. 돈이 문제가 아니었다. 히오는 "더 많은 사람에게 보여주고 싶은데……" 하며 안타까운 눈길로 카운터 위의 꽃을 쳐다보았다. 반지르르한 자색을 띤 남색 꽃병에는 청잣빛 꽃창포가 들어 있다.

미야코는 산으로 가게를 옮긴 후에도 지금까지 그랬던 것처럼 정기적으로 카페 체리 블라썸을 찾아와 꽃을 바꿔준다.

"창포는 옛날에 약초로도 쓰였대. 계절이 바뀌는 시기에 나쁜 기운을 물리쳐준다고 믿었다나 봐."

단옷날 머리를 감거나 몸을 씻을 때 썼던 창포는 천남

성과의 여러해살이풀이어서 붓꽃과인 꽃창포와는 완전히 다른 식물이다. 그렇게 세세하게 설명하면서 장식했건만 많은 사람의 눈에 들지도 못한 채 시들어가고 있다. 히오는 오늘 준비한 과자를 바라보면서 한 번 더 긴 한숨을 내쉬었다. 반생과자는 보존 기간이 짧은 편온 이니지만 그래도 만들고 나서 바로 먹을 때 제일 맛있다. 서둘러 정리를 하고 문단속을 하기 위해 2층으로 올라간다. 찰칵 소리를 내면서 조명 스위치를 하나씩 껐지만 해가 길어진 탓에 불을 꺼도 저녁이라는 느낌이 별로 들지 않았다.

이렇게 밝을 때 가게 문을 닫으려니 괜히 죄책감이 들었지만 히오는 유니폼으로 입고 있던 코발트블루 색상의 원피스를 벗고 청바지와 오래 입어서 색이 바랜 리넨 블라우스로 갈아입었다. 그리고 신발장에서 꺼낸 스니커즈를 바닥에 내려놓은 다음 슬리퍼를 신발장에 집어넣고 뒤를 돌아봤다.

"수고하셨습니다."

자신과 가게를 향해 공손하게 인사를 건네자 카운터 위의 꽃창포가 살며시 몸을 떠는 듯 보였다. 찌푸린 하늘에 구름이 깔려 있지만 비는 내리지 않았다. 현관문을 잠그고 쪽문을 연 뒤 마당으로 나간다. 마당의 벚나무는 날씨가 흐린 날에도 커다란 잎사귀를 펼치고 있다. 나뭇잎 한 장이 히오의 어깨 위로 사르르 떨어졌다. 히오는 그 나뭇잎을 알아차리지 못하고 마당을 나갔다.

✤

차로 가면 5분도 안 걸리지만 언덕길이 이어지는 탓인지 걸어가려니 제법 멀다. 부모님 차를 빌려 타고 갈 수도 있었으나 운전이 능숙하지 않다. 산 위까지 다니는 노선버스도 있지만 배차 시간이 길다.

"자전거라도 살까."

전동 자전거를 타면 이 언덕길도 휙휙 올라갈 수 있을 텐데. 히오는 평소의 운동 부족을 여실히 보여주듯 가쁜 숨을 몰아쉬며 그렇게 중얼거렸다. 이윽고 언덕길 끄트머리에 놓인 작은 간판이 눈에 들어왔다. 등산로의 표지판처럼 생긴 나뭇조각에 '들꽃 가게 미야코와스레'(과꽃의 일종으로 꽃말은 쉼이다-옮긴이)라는 검은색 글자가 가느다랗게 새겨져 있었다. 역 앞에서 꽃집을 하던 시절에 가게 앞에 걸어뒀던 간판을 입간판으로 다시 만들었다고 이사하던 날 미야코가 가르쳐주었다.

낯익은 그 글자를 보니 왠지 마음이 놓여 몰아쉬던 숨까지 진정되는 기분이다. 간판 옆의 대문 안으로 들어가자 돌이 깔린 길 끝에 숲으로 둘러싸인 2층짜리 건물이 나타났다. 예전에는 가정집이었다더니, 활짝 열린 창문 너머에서 "잘 다녀왔니?" 하는 목소리가 들려올 것만 같았다.

"어서 오세요."

툇마루로 다가가자 밝게 인사하는 목소리가 들렸다. 히오를 알아본 미야코의 얼굴이 금세 환해진다.

"히오 씨. 어서 와."

히오는 이사하던 날도 도와주러 왔었고 이사 후에 열린 리뉴얼 오픈 행사 때도 참석했었다. 하지만 미야코가 꽃을 장식하러 정기적으로 카페를 방문하기 때문에 그 후로는 좀처럼 산으로 올 기회를 만들지 못했다.

"영업시간에 온 건 처음이에요."

히오는 눈을 반짝이며 가게를 두리번거렸다.

"들어와, 들어와, 가게 안까지 편하게 구경해."

미야코가 들어오라며 손짓한다.

드문드문 놓여 있는 디딤돌을 밟으며 가게 안으로 들어간다. 가정집이던 시절 신발을 벗고 들어가야 했던 마릇바닥을 없애고 물이 잘 빠지는 콘크리트 바닥으로 바꾼 것 말고는 크게 손을 본 것 같지는 않다. 왠지 모르지만 편안한 공기가 가게를 가득 채우고 있었다.

"툇마루를 없앨 생각도 해봤는데."

창문 밖에는 폭이 좁은 툇마루가 여름 장마철의 촉촉한 습기를 머금고 있다.

"근데 이 건물은 저 툇마루가 있어야 완성되는 것 같더라고. 툇마루가 두 팔을 활짝 벌리고 있는 것 같달까. 저기서 손님을 맞이하는 것도 어쩐지 여유가 느껴져서 좋고."

미야코가 툇마루를 감상하듯 고개를 갸웃거리다가 턱에 손을 갖다 댔다.

"날씨가 화창한 날에 저기 앉아 있으면 참 좋을 것 같아요."

히오는 툇마루에 앉아 발을 까딱거리는 자기 모습을 떠올리며 거기서 차를 마시고 싶다는 상상의 날개를 펼치다가 문득 정신을 차리고 종이 상자를 앞으로 내밀었다.

"이거, 선물이에요."

상자를 열던 미야코의 입 주변이 미소로 느슨하게 풀어졌다.

"어머, 고마워. 은어가 너무 귀엽다."

"요즘 카페에서 내놓는 과자예요. 맞다, 여기서는 반딧불이도 볼 수 있다고 했잖아요, 어쨌거나 여기서 은어는 볼 수 없으니까."

"반딧불이? 아직은 못 봤지만. 뒷산의 강물이 워낙 깨끗해서 어쩌면 은어도 볼 수 있을지 몰라."

미야코는 그날이 기다려진다며 양팔로 자기 어깨를 끌어안고 흔들었다. 히오가 흥미로운 눈빛으로 가게 안을 둘러보았다. 전등갓을 씌우지 않은 채 균형 있게 매달아놓은 심플한 전구가 오래된 집과 잘 어울렸다. 지나치게 밝지 않은 전구의 따뜻한 주황 불빛이 마음을 차분하게 해주는 것 같았다. 가게 한복판에는 큼지막한 목제 테이블이 떡하니 놓여 있다.

"이렇게 큰 테이블에 편하게 앉아서 꽃꽂이하는 게 꿈이었어."

미야코가 눈을 가늘게 뜨고서 따스한 손길로 테이블을 어루만졌다. 큰맘 먹고 산 영국 앤티크 가구라고 한다.

"지난번 가게는 좁았잖아."

미야코가 그 가게에 이 테이블을 들였다면 꼼짝도 못했을 거라며 웃는다.

"그러고 보니 그때는 서서 작업했었죠?"

히오는 카운터 구석에서 꽃꽂이를 하고 꽃다발을 만들던 미야코의 모습을 떠올렸다.

"대가족이 사는 집의 주방 같네요."

"그렇지? 그래서 말인데, 조만간 이 테이블을 빙 둘러싸고 앉아서 꽃꽂이 워크숍을 해보려고. 정기적인 수업은 아니고 행사나 계절에 맞춰서 해보면 어떨까 싶어. 예를 들어 이 시기에는 꽃병에 여름 화초 장식하기, 겨울에는 크리스마스 리스 만들기, 설날에는 대문 장식하기. 생일 케이크에 곁들이는 꽃 같은 것도 좋고."

손가락을 꼽아가며 이야기하는 미야코를 바라보는 히오의 얼굴도 빛이 났다.

"워크숍 하게 되면 알려주세요. 카페에서도 알릴게요."

"히오 씨네 가게 손님이 와준다면 나야 대환영이지."

미야코가 안 그래도 부탁할 생각이었다고 한마디 덧붙인다.

"2층도 보여주고 싶은데 아직 정리가 덜 됐어."

거기까지 손길이 미치지 못했다고 말하는 미야코의 눈가에 가늘게 주름이 잡혔다.

"어떻게 쓸지 결정을 못 내렸거든. 설치 미술도 해보고 싶고 핸드메이드 제품 바자회도 열어보고 싶고. 언젠가 히오 씨랑 일일 카페도 해보고 싶고."

방이 두 개 있는데 하나는 카페, 나머지 하나는 잡화를 판매하는 공간으로 활용하는 방안도 생각 중이라고 한다. 히오는 열정적으로 일하는 미야코의 모습에 눈이 부셨다. 카페를 물려받아 운영한 지 3년째. 과연 나는 성장하고 있는가 하며 자신을 돌아본다. 여전히 부모님에게 의지해서 생활하고 있으니 자립과는 거리가 멀다. 카페도 특별히 눈에 띄는 메뉴도 없을뿐더러 획기적인 뭔가가 있는 것도 아니다. 손님을 접대할 때도 당황스러운 순간이 많다. 무엇 하나 내세울 게 없다고 생각하니 히오는 마음이 울적했다.

과자를 사고 차를 준비하고 마당을 청소한다. 두드러진 성장은 눈에 보이지 않을지라도 그렇게 똑같은 일상을 반복하면서 카페를 유지하고 손님을 맞이하며 하루하루를 이어가는 것 자체가 느리게 성장하는 인생이건만, 히오가 그 사실을 깨달으려면 시간이 오래 걸릴 듯하다.

벗나무는 작년에 자란 햇가지에 꽃눈을 만든다. 수목은 오래된 가지가 새 가지를 치면서 성장하므로 햇가지가 자라려면 오래된 가지가 필요하지만 오래된 가지에는 꽃눈이 맺히지 않는다. 길거리에 심은 벚나무가 몇 년쯤 지나면 꽃이 많이 안 열리거나 죽은 나무처럼 가지만 두드러지는 것도 그 때문이다. 물론 당연하게도 그 나무는 죽지 않았다. 새 가지가 자라고 꽃눈이 맺혔다는 것은 뿌리, 바꿔 말하면 나무 자체가 건강하다는 증거다.

나도 꽃이 진 이 계절에 이듬해 봄에 필 꽃눈을 준비한다. 따뜻한 날에는 꽃눈을 태양 쪽으로 돌려 햇볕을 잔뜩 쬐고 반대로 추운 날에는 나뭇잎으로 꽃눈을 보호한다. 무사히 꽃을 피울 수 있게끔 날씨의 변화에 따라 몸 상태를 조절한다. 생명을 유지하기 위해 애를 쓰는 건 나무나 사람이나 매한가지다. 중요한 것은 자신의 뿌리다. 잘하면 꽃을 피울 수도 있다. 하지만 꽃을 피우는 일은 결코 쉽지 않다.

가게 안으로 들어온 눅눅한 바람이 히오의 어깨에 앉아 있던 내 잎을 떨어뜨렸다.

"해가 많이 길어졌네요."

바람을 따라 히오가 바깥으로 눈을 돌린다.

"오늘은 하지잖아."

하지는 1년 중에 가장 낮이 긴 날이다. 다시 말해 태양이 가장 높이 올라가는 날이다. 느긋한 미야코의 모습이 높이 떠 있는 아름다운 태양과 겹쳐 보였다.

❋

산벚나무는 종자를 파종하여 번식하지만 왕벚나무는 접붙이기와 꺾꽂이를 해서 개체 수를 늘린다. 왕벚나무는 자기 꽃가루가 자기 암술에 묻으면 씨앗이 생기지 않는 특성으로 번식이 잘되지 않는다. 그렇다고 다른 품종의 꽃가루로 인공 수분을 하면 왕벚나무의 동일성을 유지하기 어렵다. 그래서 부모 벚나무와 똑같은 벚꽃을 피우려면 부모 벚나무에 가지나 나무껍질을 붙여서 키우면 된다. 왕벚나무는 이런 식으로 고유의 품종을 유지한다. 일본 각지에 흩어져 있는 왕벚나무가 원래는 한 나무에서 갈라져 나왔다고 하면 깜짝 놀라겠지. 지역과 기후에 따라 조금 차이는 있을지라도 왕벚나무는 거의 같은 시기에 일제히 꽃이 핀다. 그렇기에 흐드러지게 핀 벚나무 아래에서 꽃놀이도 즐길 수 있다.

내가 그런 생각에 빠져 있는 사이에 인기척이 느껴졌

다. 해가 질 녘이다. 개가 산책하러 나올 시간도 아닌데, 하며 시선을 떨어뜨리자 엄마처럼 보이는 여자가 아이가 타고 있는 자전거를 두 손으로 잡고 서 있었다. 히오보다 몇 살 연상인 듯한 그 여자는 셋업 정장을 깔끔하게 차려 입고 있었다.

"엄마, 빨리 집에 가자."

자전거 뒤쪽 짐받이에 설치된 유아 시트에 앉은 남자 아이가 칭얼거렸다.

"가만히 좀 있어봐."

엄마도 초조한 얼굴로 이게 왜 이러지? 하며 고개를 갸웃거린다. 자전거를 세우고 바퀴를 들여다보기도 하고 핸들을 돌려보기도 하다가 "고장 난 건가" 하더니 곤란하게 됐다며 난처한 표정을 지었다.

"나 배고파." 남자아이가 울먹이기 시작했을 때쯤 히오가 카페 현관 앞에서 얼굴을 내밀었다.

"안녕히 가세요."

활기찬 목소리가 마당까지 울려 퍼졌다. 손님을 배웅하는 모양이다. 자전거를 잡고 있던 여자가 "저기요" 하면서, 인사를 마치고 안으로 들어가는 히오를 다급하게 불러 세웠다. 절박함이 묻어나는 목소리를 들은 히오가 무슨 일인가 하면서 돌아섰다. 두리번두리번 목소리의 주인을 찾고 있으려니 여자가 자전거 핸들을 꽉 붙잡은 채로 한쪽 손을 들었다.

"저기, 죄송해요."

한 번 더 그렇게 말하면서 다급한 표정을 지었다.

"무슨 일이세요?"

난처한 얼굴을 보고 히오가 급하게 걸어오자 여자가 뒷바퀴에 손을 올렸다. 유아 시트에 앉아 있던 남자아이는 낯선 사람의 등장에 조금 전까지의 투정이 싹 사라지고 호기심 가득한 흥미진진한 얼굴로 히오를 쳐다보았다. 눈이 마주친 순간 히오가 미소를 지어 보이자 아이도 해맑게 까르르 웃어댔다. 그 모습을 보고 안심한 여자가 사정을 이야기했다.

"어린이집에서 애를 데려오는 길에요…… 아, 평소에는 큰길로 다니는데요."

오늘 유난히 그 길이 복잡해서 샛길로 들어왔다고 한다. 히오는 자갈길이어서 자전거 바퀴에 구멍이 났을지도 모른다며 자전거 뒤쪽으로 가서 쪼그려 앉았다. 엄지와 검지로 자전거 바퀴를 세심하게 만져본다.

"괜찮으시면 마당 안으로 들어와서 잠깐만 기다려주

실래요? 제가 한번 봐드릴게요."

지나다니는 사람들에게 방해가 되는 것도 마음에 걸리고 자전거를 계속 자갈길에 세워뒀다가 구멍이 더 커지는 것도 걱정됐다.

"우리 마당에 가서 기다릴까?"

남자아이에게도 말을 걸자 응, 하며 고개를 끄덕인다. 그 모습이 하도 귀여워서 히오와 여자가 얼굴을 마주 보고 웃는다. 아이는 기분이 좋은지 "다카하시 유토예요" 하며 더듬더듬 자기소개까지 한다. 일단 히오는 카페로 돌아가서 현관 앞에 종이를 한 장 붙인 다음 서둘러 건물 뒤쪽으로 향했다. 메모지에 '금방 돌아옵니다'라고 적혀 있는 걸 보니 안채에 뭔가를 가지러 간 듯하다. 내 예상대로 얼마 안 있어 플라스틱 장난감 총처럼 생긴 물건을 들고 마당으로 돌아왔다.

"혹시 모르니까, 이거라도 한번 써보세요."

가쁘게 어깻숨을 내쉬며 여자에게 물건을 건넸다. 여자가 고맙다고 인사하며 물건 끝을 바퀴에 끼우고 펌프질을 하자 순식간에 빵빵하게 부풀어 올랐다.

"아."

안도와 감탄이 뒤섞인 탄성이 흘러나왔다.

"바람이 빠졌었나 봐요."

여자가 관리를 제대로 못했다고 무안해하며 어깨를 움츠린다.

"작은 구멍이 생겼거나 바퀴가 갈라졌을지도 모르니까 수리점에 가보시는 게 좋겠어요."

히오가 임시방편에 지나지 않을 거라고 걱정하자 여자는 어쨌든 오늘은 무사히 집에 갈 수 있게 됐다면서 안심했다. 그렇게 간신히 한시름 놓았는지 비로소 카페 쪽으로 시선을 보냈다.

"여기는, 가게예요?"

"예. 카페예요."

히오가 상냥하고 또렷하게 대답한다.

"가족분과 같이 운영하시나 봐요."

좀 전의 공기 주입기를 안채에서 가져왔다는 말을 들은 여자가 그렇게 말했다.

"엄마에게 물려받은 카페인데 지금은 제가 하고 있어요."

"이렇게 젊은데……."

여자는 눈을 동그랗게 뜨고 감탄했지만 히오는 사쿠라코에게 단순히 때가 돼서 카페를 이어받았을 뿐이다. 그러니 칭찬할 일이 아니라는 내 목소리가 들렸을까, 히오가 민망하다는 듯이 머리를 긁적이며 대답했다.

"그 나이가 됐을 뿐이에요."

"네?"

"저희 집안은 대대로 딸이 서른 살이 되면 가게를 물려주거든요. 저도 엄마한테 들었을 뿐이지만요, 제가 서른이 되던 해에 아버지도 은퇴를 하셔서 그렇게 됐어요."

"가족의 역사가 담긴 곳이군요."

여자는 자전거 안장에 손을 올리고 서서 새삼스레 카페를 눈에 담았다.

"저는 아이를 낳지 않을 거라 딸에게 물려주지는 못할 것 같아요. 그렇게 되면 여기를 어떻게 해야 하나 고민이에요."

뒷자리에 앉은 남자아이는 기다리느라 지쳤는지 고개가 푹 꺾어진 채로 쌕쌕 숨소리를 내며 기분 좋게 자고 있다.

"조심히 가세요."

히오는 작은 목소리로 인사하고 멀어져가는 자전거를 지켜보았다.

✤

 박새 지저귀는 소리가 들리는 걸 보니 여름이 본격적으로 시작되려나 보다. 미야코가 장식한 금사매가 선명한 금빛 꽃잎을 내달고 있다. 입을 꼭 다문 꽃잎이 매화를 닮은 데다 곧게 뻗은 수술이 금색 실처럼 생겨서 금사매라는 이름이 붙었다고 미야코가 가르쳐주었다. 히오는 분무기로 꽃에 물을 주다가 현관문을 열고 들어온 손님에게 어서 오세요, 하고 인사하면서 얼굴을 들었다.

 "어머."

 어느새 단골이 된 일본인 남편과 영국인 아내, 오쿠노 부부가 찾아오자 가게 안에 반가워하는 목소리가 울려 퍼진다. "안녕하세요" 하는 인사와 새소리가 포개진 순간 부부가 마당으로 눈을 돌렸다. 내 나뭇가지에 맺힌 자그마한 열매를 찌르레기가 콕콕 쪼고 있던 참이었다.

 "응내학습, 새끼 매가 나는 법을 배운다······."

 그 모습을 본 엘라가 칠십이후(음력에서 자연 현상에 따라 1년을 72등분한 것-옮긴이) 중 하나를 입에 올렸다. 자녀가 부모 슬하를 떠나 독립한다는 뜻이라고 설명하는 엘라의 말을 들은 히오는 "독립이라" 하고 웅얼거리고서 부부를 카페 안으로 안내했다.

히오는 자신에 관해 생각했다. 비록 지금은 가업을 물려받았지만 언제까지 이대로 일할 건지 앞날이 불분명했다. 이대로 혼자서 가게를 꾸려나가야 할까, 아니면 후임자를 찾아야 할까. 부모님도 그 일에 관해서는 입을 떼지 않는다. 분명 히오의 인생을 존중하기 때문이겠지. 히오가 그런 생각에 잠겨 있는 것도 모르고 오쿠노가 낯간지러운 말을 입에 올렸다.

"히오 씨가 이렇게 훌륭하게 가게를 운영하시니 부모님께서 자랑스러워하시겠습니다."

글쎄요, 하며 그늘진 히오의 얼굴을 본 오쿠노가 격려하듯이 말을 잇는다.

"대대로 계승하는 건 굉장한 겁니다. 히오 씨는 체리 블라썸의 대를 끊지 않고 잘 이어가고 있잖습니까."

영국에서는 몇 대에 걸쳐 집을 수리해서 살기도 하잖아, 하며 아내에게 슬쩍 눈짓을 보낸다. 그러자 히오가 내 쪽을 힐끔 쳐다보며 "어쩌면 마당의 벚나무가 그렇게 만들어줬을지도 몰라요"라고 대답한다.

"벚나무?"

가게 이름을 벚꽃을 뜻하는 체리 블라썸에서 따온 것

을 알아차렸는지 엘라가 고개를 끄덕끄덕했다.

"히오 씨 이름에도 벚나무 앵桜 자가 들어가죠?"

한자에도 능숙한 엘라가 뒷말을 이었다.

"네. 제 이름은 벚나무 품종 중 하나에서 따왔어요."

한자로 추울 한寒, 붉을 비緋, 벚나무 앵桜. 이 세 글자로 표기하는 캄파눌라타벚나무는 토종 벚나무 중 하나로 붉은 빛을 띤 진한 분홍색 꽃이 특징이며 오키나와 등에서 자란다. 그 지역에서는 캄파눌라타벚나무가 개화를 알리는 기준이다. 오키나와에서는 음력 1월, 다시 말해 1월 중순부터 2월에 걸쳐 꽃이 피기 때문에 설날벚나무라고 부르기도 한다.

"왕벚나무나 산벚나무처럼 꽃잎이 한 장씩 떨어지지 않고 꽃이 통째로 떨어져서 지지 않는 벚나무라고도 한대요. 부모님이 행복하고 밝고 강하게 자라길 바라는 마음을 담아 이름을 지었다고 하셨어요."

"그렇군요."

오쿠노가 다음 이야기를 기대하며 추임새를 넣는다.

"엄마 이름도 벚나무를 뜻하는 사쿠라코桜子고 외할머니 이름인 야에八重도 겹벚나무에서 따왔어요. 벚나무와 저희는 계속 함께였어요. 벚나무와 함께 살아왔고 앞으로도 이 나무와 함께 살아가는 게 우리 가족의 운명인 것 같아요. 그런데 제 다음에는 어떻게 될지 모르겠어요."

히오가 불쑥 고민을 털어놓자 나도 귀를 활짝 열고 들었다.

"히오 씨는 가게 주인이 된 지 아직 3년밖에 안 됐잖아요. 앞으로 살아갈 날이 더 길어요. 때가 되면 저절로 답이 나오지 않겠어요?"

보이지 않는 미래를 앞서 걱정해봤자 아무런 소용이 없다며 엘라가 미소 짓는다.

"인생은 모르는 법이에요. 내가 일본에 와서 살 줄은 꿈에도 몰랐거든요."

이제는 영국에 있던 시간보다 일본에서 산 시간이 더 길다면서 손가락을 꼽았다.

꽃의 수명은 제법 길다. 인생도 길다. 그러니 마음을 느긋하게 먹고 천천히 나아가면 된다. 그러다 보면 자기도 모르는 사이에 무언가와 이어지게 된다. 멈추지 않고 계속한다는 것은 그런 거니까.

✤

장마가 끝났다는 소식이 하늘에도 닿았을까, 뉴스에서 장마가 걷혔다는 소식을 전하자마자 태양이 이글이글 타올랐다. 나는 나뭇잎을 최대한 넓게 펼치고 그늘을 만들어 가지를 덮었다. 쨍쨍 내리쬐는 햇볕으로부터 새로 태어난 꽃눈을 보호하기 위해서.

"더워서 죽을 것 같아."

히오는 마당 청소를 끝내고 에어컨을 틀어놓은 가게 안으로 들어갔다. 땀을 닦고 냉장고에서 차가운 보리차를 꺼내 꿀꺽꿀꺽 마시고 있자 미야코가 꽃을 안고 나타났다. 푹푹 찌는 산속에 살다 보니 이 정도 더위는 참을 만하다면서 왼손으로 팔락팔락 부채질을 해대며 달아오른 볼을 일시적이나마 식히고 있다.

"시원해 보이는 꽃을 가져오려고 했는데. 반대로 여름에 맞게 기운차 보이는 꽃도 괜찮겠다 싶어서 골라봤어."

꾸러미 사이로 태양처럼 환한 오렌지색 꽃이 얼굴을 내밀고 있다. 가슴을 쑥 내밀 기세로 당당하게 피어 있는 꽃과 쭉 뻗은 꽃술, 꽃잎 전체에 찍혀 있는 까만 반점이 전위 미술가의 작품 같아서 보고 있는 나까지 기운을 얻는 기분이다. 오니유리(우리나라에서는 참나리로 불리며 일본어로 '오니'는 귀신, '유리'는 백합을 뜻한다-옮긴이)라는 이름에 어울리는 그 모습에 감탄이 절로 나왔다.

"이열치열이라는 말도 있으니까요."

"그나저나 너무 덥다."

둘 다 아까부터 '덥다'는 말을 몇 번이나 하는지 모르겠다. 장마가 끝나자마자 최고 기온이 35도를 웃돌고 더워서 밤잠을 못 이루는 열대야가 계속되고 있다. 녹색 나뭇잎을 휘감고 마당에 서 있는 나를 보고 시원해 보인다고 생각할지도 모르지만 실은 나도 더위를 먹었는지 머리가 어질어질할 지경이다.

"다음에는 히오 씨한테 소개하고 싶은 사람이랑 같이 올게."

미야코가 말을 이어나갔다. 최근에 미야코네 꽃집을 찾아온 손님이라고 한다. 가방과 소품을 만드는 수공예 작가인데 몇 달 전에 이 동네로 이사 왔다나.

"이 카페를 보면 틀림없이 좋아할 거야."

❧

미야코가 그 여자를 데려온 것은 꺾일 줄 모르는 찜통더위 탓에 샤워라도 하고 싶다고 생각할 즈음이었다. 타이밍 좋게 반가운 소나기가 한차례 퍼부었다.

"히오 이모."

히오가 마당을 청소하고 있는데 어디선가 귀여운 목소리가 들려왔다. 남자아이가 자전거 뒤에 앉아 큼지막한 밀짚모자를 쓰고 볕에 그을린 가무잡잡한 얼굴로 웃으며 통통한 손을 살랑살랑 흔들었다. 히오가 손을 마주 흔들자 여자는 안절부절 어쩔 줄을 몰랐다.

"오늘은 일찍 퇴근하셨네요."

모자는 자전거 공기 주입기를 빌려 쓴 다음부터 어린이집에서 집으로 돌아갈 때마다 이 길을 지나게 되었고 히오와도 자주 대화를 나누게 되었다. 아이는 저번에 스스로 자기 이름을 얘기해주어서 유토인 걸 알고 있고 엄마 이름이 미즈호라는 것도 알게 되었다. 그건 그렇고 아직 해가 중천에 떠 있는 이 시간에 다카하시 모자를 만나다니 별일이다.

"어린이집에서 애가 열이 난다는 연락을 받고 서둘러 조퇴했거든요. 근데 막상 와보니까 이렇네요."

지극히 정상 체온이었다며 어깨를 으쓱하는 미즈호 뒤에서 유토가 짓궂은 미소를 지으며 혀를 쏙 내민다.

"엄마가 오니까 좋아서 열이 내려갔구나."

히오가 유토에게 윙크했다.

"히오 씨, 손님 오신 거 같은데요?"

미즈호의 귓속말을 듣고 허둥지둥 뒤를 돌아보니 미야코가 현관 앞에서 눈이 반달이 된 채 손짓하고 있었다. 모자를 배웅하고 현관 쪽으로 걸어간다. 미야코 옆에 서서 수줍게 미소 짓던 여자가 안녕하세요, 하며 인사를 한다. 상큼한 보라색 민소매 원피스 밖으로 드러난 여자의 팔은 가늘어도 근육이 알맞게 붙어 있고 햇볕에 그을어서 건강해 보였다. 어깨까지 내려오는 까만 머리를 하나로 대충 묶고 화장도 안 했는데 이목구비가 뚜렷한 걸 보니 원래부터 예쁘장하게 생긴 얼굴인가 보다. 히오 또래인 듯한데 체구는 작지만 의젓한 자세와 안정된 분위기 탓에 히오보다 훨씬 어른스러운 인상을 풍긴다.

"이쪽은 가나 씨."

미야코가 히오에게 소개하고 나서 "가방 디자이너라고 하면 되지?" 하고 옆에 선 가나에게 묻는다.

"아니, 그렇게 거창하게 소개하면 어떡해요."

가나는 황송해하며 손을 좌우로 흔들다가 히오를 향해 편안한 미소를 보이며 겸손하게 말을 이었다.

"바느질하면서 아담하고 귀여운 물건 만드는 걸 좋아

해요."

"이거 봐봐, 가나 씨가 만든 가방이야."

미야코가 오른손에 들고 있던 천 가방을 히오 얼굴 앞으로 내밀었다.

"와, 너무 귀엽다. 이건 자수 맞죠?"

히오가 더 가까이 다가갔다. 문고본만큼이나 작은 노란색 천 가방은 스마트폰과 지갑만 단출하게 넣고 외출하기에 안성맞춤이었다. 미야코도 오늘은 업무용 원예 도구를 들고 올 필요가 없어서인지 그 가방 하나만 단출하게 들고 있다. 가방 한가운데에는 흰색 실로 은방울꽃이 수놓아져 있었고 'Flower'라고 새겨져 있었다.

"가나 씨는 자수도 도안부터 직접 만든대. 꽃만 있는 게 아니라 과일과 동물 등 종류도 다양한데 전부 다 예뻐."

미야코가 히오에게 이야기하는 동안 가나는 "아이고~" 하며 양손으로 얼굴을 가린 채 어쩔 줄 몰라 했다. 히오는 부끄러워하는 모습도 호감이 가는 이 여자가 단번에 마음에 들었는지 "미야코 씨. 멋진 손님이 알아서 찾아오셨네요" 하며 칭찬한다. 그러자 이번에는 미야코가 "에이, 무슨. 이 카페가 한 수 위지" 하며 몸을 뒤로 젖힌다.

가나가 옆에서 두 사람을 지켜보고 있다.

"여기로 이사 오고 얼마 안 됐을 때였는데 주변도 둘러볼 겸 산책을 하고 있었어요. 산길을 따라 걸었더니 역에서 멀리 떨어져 있지도 않은데 갑자기 공기가 맑아진 느낌이 들더라고요. 신이 나서 계속 걷다 보니 미야코 씨네 꽃집 앞이지 뭐예요."

"뭐야, 마치 바다에서 용궁을 찾은 사람 같잖아."

"맞아요. 나한테 '들꽃 가게 미야코와스레'는 보물섬이나 다름없어요."

가나는 식물과 채소를 직접 보고 스케치해서 도안을 만든다고 한다. 미야코네 가게의 초목은 최고의 소재라고 가나가 힘주어 말한다.

"미야코 씨가 고른 꽃은 화려하지는 않지만 마음속 깊이 스며드는 힘이 있어요."

"비행기 태우지 말라니까."

미야코가 난감한 표정을 짓는다.

"저도 동감해요. 미야코 씨가 꽃꽂이를 해주면 그 몇 송이 덕분에 가게 분위기가 확 달라져요. 마음이 평온해진다고 해야 하나, 깨끗해진다고 해야 하나."

히오가 공감한다는 양 고개를 끄덕였다. 칭찬을 듣는

게 어색한지 그만하라며 뺨을 붉히는 미야코의 모습이 어쩐지 여느 때보다 스스럼없어 보인다. 가나와 같이 있을 때면 본모습이 그대로 드러나는 것 같다.

"난 그냥 제철 식물이랑 산과 들에 피어 있는 화초를 그대로 갖고 온 뿐이야."

"그래서 가지가 잘린 꽃나무도 살아 있는 것처럼 보이고 실내에 자연을 옮겨놓은 듯한 느낌이 드는군요."

가나가 현관 앞에 놓여 있는 꽃으로 눈길을 보낸다. 한동안 세 사람은 꿋꿋하게 피어 있는 오니유리를 시야에 담았다. 그러다가 히오는 퍼뜩 정신이 들었다.

"손님을 세워놓고 제가 수다만 떨었네요. 안으로 들어오세요."

신발장에서 손님용 슬리퍼를 꺼냈다.

"가게가 예뻐요."

삐걱삐걱 소리를 내며 계단을 올라가던 가나가 앞서 걸어가는 미야코의 등에 대고 소곤거렸다.

"방이 세 개 있는데 하나같이 운치가 있어. 봄이면 마당의 산벚나무가……."

고개를 돌리고 들뜬 목소리로 설명하는 미야코를 향해 히오도 목소리 톤을 올리고 말했다.

"안내는 미야코 씨한테 맡겨도 되겠는데요?"

세 방을 비교하며 행복한 고민을 이어가던 두 사람은 결국 범부채 방을 선택했다.

"미야코 씨, 손님으로 올 일은 거의 없었죠? 제가 매번 일을 부탁해서. 오늘은 편하게 쉬다가 가세요."

범부채 방에서 두 사람의 말소리가 끊임없이 흘러나왔다. 마당에서는 햇볕이 내리쬐는 지면에 뜨거운 바람이 불어와 흙먼지를 일으켰다.

❋

헉헉 몰아쉬는 시바견의 숨소리를 들으면 지금이 얼마나 더운지 알 수 있다. 사람은 가만히 있어도 땀이 맺힌다. 이 계절에 산책 시간을 한 시간 앞당기는 것도 이해가 간다. 더위를 피할 수 있는 곳이 무성한 나뭇잎 아래뿐인지 산책 중이던 그들은 도망치듯이 내가 만든 그늘 안으로 뛰어들었다. 시바견은 숨통이 트이자 마음이 놓이는지 웅크리고 앉아 코를 킁킁대며 노인의 냄새를 맡고 있다. 노인이 뜨거운 머리를 쓰다듬자 꼬리를 살랑살랑 흔든다. 옆에 선 노인은 허리춤에 차고 있는 가방에서 생수를 꺼내 목을 축이고 다시금 아침 햇살 속으로 돌아간다. 나는 그들이 짧은 휴식을 즐기는 동안만이라도 최대한 시원하게 해주고 싶어서 잎사귀를 흔들어 쏴아아, 파도치는 듯한 소리를 울렸다.

　여름날 오후, 히오는 손님을 배웅하고 나서 후우, 숨을 내쉬었다. 이곳은 여름이라고 해서 서머 타임을 적용하지도 않고 평소와 똑같은 시간에 문을 열고 영업한다. 내가 불러온 바람에 반응하듯 2층에서 풍경이 딸랑딸랑 맑게 울렸지만 소리가 너무 작아서 히오에게는 들리지 않았다. 카페 체리 블라썸에는 에어컨이 설치되어 있지만 지은 지 오래된 건물이라 벽 사이로 더운 기운이 들어온다. 마당과 맞닿은 창문으로는 따가운 햇볕이 인정사정없이 쏟아진다. 그런데도 실내가 열기로 가득 차지 않고 시원한 이유는 나무로 지은 옛집이라서 나무가 습기를 흡수하고 더위를 조절하기 때문일 것이다.

　내 잎도 마찬가지다. 무더운 여름철에는 잎을 크게 펼쳐서 해를 가리고 추운 겨울에는 잎을 떨어뜨려서 가지와 줄기에 햇빛이 잘 닿도록 한다. 사람도 컨디션이 안 좋을 때, 그러니까 더위와 추위로 인해 신체 기능이 떨어질 때는 물론이고 정신적으로 힘들 때, 왜 스스로 조절하는 능력을 사용하지 않을까. 그런 능력이 있다는 것을 알려고 하지도 않는다. 더는 못 참겠다며 포기하는 말을 너무 쉽게 입에 올린다. 혹시 그런 푸념 섞인 말이 오히려 자정 작용을 일으키는 걸까? 자신의 고통을 호소하고 타인에게 도움을 요청하면서 앞으로 나아가는 길을 찾는지도 모른다. 나는 우는소리를 못 하는데. 안에 쌓아두다가 끝내 나 자신을 벼랑 끝으로 내몰게 되면 어떡하지.

♣

 통째 구워서 껍질을 벗기자 가지가 연둣빛 속살을 드러냈다. 생강과 양하(독특한 향과 식감으로 일본에서 즐겨 쓰는 야채-옮긴이)를 곁들이고 간장을 뿌린다. 가다랑어포를 뿌리고 나니 살랑살랑 봉오도리(백중날 전후로 많은 남녀가 모여 추는 윤무-옮긴이)를 추는 것처럼 보인다.
 "앗, 차가워."
 사쿠라코가 두 손으로 뺨을 감싼다.
 "역시 여름에는 가지가 최고야."
 그렇게 말하는 사쿠라코를 향해 주방에 서 있는 남편

이 "이제 가을이거든" 하며 핀잔을 준다.

"맞아, 절기상으로는 입추잖아."

히오는 아는 척을 하다가 "실은 미야코 씨가 말해줄 때까지는 나도 몰랐어" 하고 솔직하게 말한다. 꽃을 다루는 일은 육체노동이라며 이께로 기쁘게 숨을 쉬면서 손잡이 달린 바구니에 도라지꽃을 담던 미야코의 모습이 떠올랐다.

"미야코 씨는 새 가게에서 열심히 일하나 보던데?"

사쿠라코가 가지를 깨끗이 먹은 다음 디저트로 와라비모찌(고사리 전분으로 만든 떡-옮긴이)를 입에 넣으며 묻자 히오는 고개를 끄덕였다.

"칡이나 고사리 전분으로 만든 떡은 냉장고에 넣으면 딱딱해지니까 상온에 뒀다가 손님이 올 시간에 맞춰 얼음물에 담가야 해."

아버지의 자세한 설명에 히오는 "시간을 가늠해야 하는 떡이구나. 극진한 대접이네" 하며 감탄한다. 모처럼 준비했으니 맛있게 먹길 바라는 게 당연하지 않냐며 아버지가 코를 벌름거리자 사쿠라코가 "네 아버지가 미식가라서 그래. 남한테 대접할 때도 똑같은 맛을 느끼게 해주고 싶은 거지" 하고 대수롭지 않게 흘려넘긴다.

어느덧 화제는 미야코의 워크숍에 이르렀다.

"한여름에 이벤트를 개최하려면 참가하는 사람이나 준비하는 사람이나 고생이 이만저만이 아니었을 텐데."

흑설탕과 콩가루를 뿌린 쫀득한 와라비모찌가 히오의 입속으로 미끄러져 들어간다.

"날씨가 지독하게 더워서 미야코 씨도 걱정이 많았는데 분위기가 화기애애해서 다행이었다고 그랬어."

"주제가 여름 꽃꽂이랬나?"

히오가 집에 들고 온 안내 전단을 아버지가 본 모양이다.

"그게, 정원이 여섯 명이었는데 예약이 금방 다 찼대. 미야코 씨도 깜짝 놀란 것 같더라니까."

"여름꽃이라. 의외로 고민하는 사람이 많을걸?"

여름에는 꽃꽂이가 쉽지 않다. 아버지가 꽃은 고온을 좋아하지 않는 데다 물이 금방 썩거나 잎사귀가 시들어서 오래 가지 않기 때문에 고심할 수밖에 없다면서 선 채로 와라비모찌를 입에 넣었다.

"꽃을 고르는 방법과 물을 갈 때 신경 써야 할 점도 알려주고 이 계절에 어울리는 꽃도 소개하고 그랬나 봐. 참가자들이 하나같이 열심이고 진지하더래."

"전문가에게 직접 조언을 들을 기회는 흔하지 않으니까."

사쿠라코가 고개를 끄덕이다가 물었다.

"히오, 너도 배워보지 그러니?"

네가 직접 꽃꽂이를 할 수 있을지도 모르잖아, 하고 가볍게 말한다.

"손재주 없는 거 잘 아는데 뭘. 혼자 쩔쩔매는 것보다 미야코 씨한테 맡기는 게 훨씬 마음 편해."

히오가 볼을 볼록하게 부풀린다. 가게의 꽃을 관리하는 일은 전부 미야코에게 맡기고 있다. 네 말도 일리가 있다며 부모님이 바로 인정한다.

"다음 달에는 가을 7초(싸리, 도라지, 참억새, 마타리, 패랭이꽃, 칡, 등골나물-옮긴이)를 다룰 거래."

히오는 전단이 아직 남아 있을 거라며 벌떡 일어섰다.

"다음 달에 또 한다고? 열정 한번 대단하네."

아버지가 깜짝 놀란다.

"다음 워크숍을 미리 물어보는 사람이 많았나 봐. 의욕이 넘치던데?"

참가자들의 평이 좋아서인지 그 말을 했던 미야코의 목소리에서 활기가 묻어났다. 수공예 작가인 가나도 이번에는 일정이 있어서 참가하지 못했지만 다음번에는 오기로 했다고 말하던 미야코의 입가에 상큼한 웃음기가 걸려 있었다.

더위가 물러갈 기미가 안 보인다는 말이 여기저기서 들려왔다. 입추라더니 실제 날씨와는 동떨어졌다는 소리까지 들린다. 여전히 후텁지근하다. 그러니 그렇게 생각할 수밖에 없다. 하지만 내가 만든 나무 그늘은 최근 들어 아주 조금 시원해졌다. 멀리서 께께께께, 하고 시끄럽게 울어대는 건 저녁매미일까.

❋

밤이 되면 어딘가에서 풀벌레 우는 소리가 들리고 하늘을 우러러보면 구름의 모양이 달라지고 있다. 그렇게 계절이 서서히 바뀌는 표시를 발견하고는 한다. 여름의 끄트머리가 보일락 말락 하면서도 아직은 늦더위가 한창이던 어느 날 저녁 무렵, 카페 체리 블라썸의 현관 앞에 한 남자가 나타났다.

"어서 오세요. 오늘은 혼자 오셨네요."

히오가 친근한 표정으로 손님을 맞이한다. 단골인 오쿠노다. 아내 엘라는 보이지 않는다.

"오늘 아내는 요리 교실에 갔습니다."

"요리 교실에 다니시는군요."

"지인이 이웃에 사는 사람들 대상으로 집에서 일본 가정식 요리 수업을 하거든요."

매달 열리는 수업에 안 빠지고 다니고 있다고 한다.

"대단하세요."

히오가 감탄하자 오쿠노는 한순간 당황한 듯 흔들리는 눈빛으로 입술을 달싹거렸다.

"엘라는 노력파거든요."

히오는 슬리퍼를 내어주고 앞서 걸으며 자리를 안내했다.

"더위가 가시질 않네요."

걸어왔기 때문일까, 오쿠노의 이마에서 땀이 비 오듯 쏟아졌다.

"어느 방으로 하시겠어요? 벚나무 방이든 범부채 방이든……."

먼저 왔던 손님이 막 돌아간 참이다. 두 방 다 시원하게 에어컨이 틀어져 있다.

"오늘은 삼잎 방에 들어가려고요" 하며 다실 이름을 입에 올린다.

"앗, 죄송합니다."

히오가 얼굴 앞에서 황급히 손을 모으고 팔자 눈썹을 만들었다.

"못 들어갑니까?"

아쉬운지 오쿠노가 어깨를 축 늘어뜨렸다.

"아뇨, 들어가실 수는 있어요. 그런데."

미야코가 장식한 꽃도 놓여 있고 계절에 어울리는 족자도 걸려 있다. 오늘 아침에도 다다미방을 티끌 하나 없이 깨끗이 청소했다. 다만.

"그 방만 에어컨이 없어요."

오쿠노는 아아, 하며 주억거리다가 다시 고개를 쳐들었다.

"상관없습니다."

이마에서 땀이 방울져 흘러내리는데도 그렇게 대답한다.

"괜찮으시겠어요?"

히오가 한 번 더 확인했지만 오쿠노는 의지를 꺾지 않았다.

"그럼 들어오세요."

히오가 미닫이문을 열었다. 작은 창문이 하나 있지만 그마저도 맹장지로 발려 있어 실내가 어두컴컴하다. 밝은 데 있다가 이 방에 들어오면 실내가 갑자기 어두워서 깜짝 놀란다. 오쿠노의 입에서도 앗, 히는 외마니 소리가 튀어나왔다.

"스탠드를 갖고 올까요?"

히오가 묻는다.

"흔한 기회가 아니니까 자연광을 즐기겠습니다."

오쿠노는 천천히 고개를 옆으로 저었다.

"차는 말차로 주세요."

히오는 문을 닫고 1층으로 내려갔다. 저녁 어스름이 깔리고 정적이 가게를 감싸고 있다. 단풍 문양이 들어간 찻잔을 꺼내 차를 개는 소리가 주방뿐 아니라 건물 전체로 퍼져나갔다.

"차와 과자 나왔습니다."

차와 과자가 담긴 쟁반을 들고 미닫이문 앞에서 말을 건네자 사르륵 옷자락 스치는 소리와 함께 "예" 하는 대답이 들려왔다. 문을 여니 오쿠노가 등을 꼿꼿이 세우고 정좌하고 있다. 히오가 옆으로 다가가 차와 과자를 내려놓자 어둠 속에서 희미한 미소가 떠올랐다. 이마에 송골송골 맺혀 있던 땀은 사라지고 없었다.

"참 희한하군요. 이 방에 있으니까 바람 소리가 들립니다. 그러더니 몸 안쪽까지 바람이 불어 들어오는 느낌이 들면서 어느새 시원해지더군요."

오쿠노는 그 말만 하고 입을 다물었다. 마당에서 벚나무 잎이 살랑거리는 소리에 히오도 귀를 기울였다.

"단풍이네요."

찻잔에 새겨진 무늬를 감상하던 오쿠노는 "여름도 얼마 안 남았군요" 하며 말차를 들여다보다가 도코노마(다다미방 바닥을 한 단 높게 만들고 꽃꽂이로 장식하거나 족자를 걸어놓는 공간-옮긴이)에 놓여 있는 꽃으로 시선을 옮겼다.

"가을을 대표하는 일곱 가지 화초래요. 꽃꽂이해준 사람에게 들었습니다."

쏴쏴. 바람 소리가 다실까지 들렸을까. 내 잎사귀에 붉게 물이 드는 날도 머지않았다.

히오가 과자를 내밀었다.

"조후군요."

오쿠노가 즉시 대답한다. 초여름에 자주 내놓았던 은어 과자도 계절이 옮겨가면서 자연스럽게 모습을 감추었다. 카스텔라 반죽이 규히를 감싸고 있어 여름에도 굳지 않고 촉촉한 식감을 즐길 수 있기에 제법 인기가 좋았다. 규히를 얇은 카스텔라 반죽으로 싼 과자를 뭉뚱그려 조후라고 한다. 은어 과자는 아니지만 오늘 준비한 과자도 조후의 일종이다.

"왜 조후라고 하는지 아십니까?"

"글쎄요, 왜일까요."

히오는 오쿠노를 멀뚱멀뚱 쳐다보았다.

"이 모양이 천을 닮아서 그렇습니다."

관청에 공물로 부과하던 천이 과자 이름의 유래가 되었다니.

"생각도 못 했어요."

히오가 얼떨떨해하며 대답하자 오쿠노가 눈꼬리를 내리고 말을 이었다.

"저도 엘라가 얘기해줘서 알았습니다."

"보드라운 천에 싸여 있는 떡이군요……."

히오는 부드럽고 폭신폭신한 이불 같다며 신기해했다.

"나도 아내가 일본에 오겠다고 했을 때는 그렇게 최선을 다해 지켜줘야겠다고 결심했습니다. 천으로 포근하게 감싸듯이 말입니다. 그런데 생각대로 잘되지 않더군요."

실내가 어둑어둑해서 오쿠노의 표정까지는 또렷이 보이지 않았지만 희미한 말꼬리에서 후회와 비슷한 감정이 묻어나는 것 같았다.

가게를 나서며 오쿠노는 히오에게 말했다.
"짧은 시간이었지만 현실에서 벗어난 듯한 신기한 경험을 했습니다. 아내에게도 이 감각을 느끼게 해주고 싶군요."
오쿠노는 어쩐지 쓸쓸한 표정을 짓고서 가게를 뒤로했다. 오쿠노의 모습이 마음에 걸렸지만 손님의 사생활에 개입하는 것은 좋지 않다. 손님이 털어놓고 싶어 할 때만 이야기를 들어주자. 히오는 그게 자기 방식이라며 한숨 같은 숨을 짧게 내뱉었다. 이럴 때는 어떤 식으로 손을 내밀어야 할까. 아직도 손님 응대의 정답은 알지 못한다. 여름의 끝자락이라는 말은 왠지 한없이 처량한 울림을 자아낸다. 히오도 후회를 품고 있다.

지난번에 미야코가 가져왔던 보리를 떠올려보기를. 모두가 신록을 향해 나아갈 때 보리는 결실의 계절인 가을을 맞이한다. 모두 같은 방향을 바라보지 않아도 된다. 다른 이의 정답을 쫓아갈 필요도 없다. 그때 그렇게 가르쳐 줬건만 그새 잊은 걸까.

3장

단풍의 독백

 9월에 들어섰는데도 여전히 더운 나날이 이어졌다. 땀을 닦으며 하늘을 올려다보니 비늘구름이 길게 뻗어 있었다. 마당 청소를 끝낸 히오는 빗자루를 현관 앞에 세워두고서 내 쪽으로 걸어왔다. 생기를 잃은 녹색 나뭇잎은 곧 노랑과 빨강으로 물이 들겠지. 잎사귀 끝에 작은 물방울이 붙어 있다.

 "이슬?"

 낮 동안은 변함없이 덥지만 밤이 깊어지면 공기가 차가워진다. 밤에 기온이 내려가 공기 중의 수증기가 엉겨서 생겨난 물방울이 바로 아침 이슬이다. 늦더위가 기승을 부려서 잘 보이지 않을 뿐 여기저기에 가을이 성큼 다가온 흔적이 보인다.

내 잎사귀뿐 아니라 마당에 피어 있는 다른 풀잎에도 이슬이 방울방울 맺혀 있다. 히오가 몸을 숙이고 손끝으로 톡 건드리자 잎이 흔들리면서 이슬방울이 또르르 흘러내렸다.

"이제 장 보러 가야겠다."

히오는 지갑만 들고서 신발을 대충 구겨 신고 쪽문을 열고 나갔다.

✽

"음력 9월 9일은 요즘으로 치면 10월 중순이잖아. 그때쯤 되면 국화가 활짝 필 거야."

미야코는 국화가 절정을 맞이하려면 시간이 좀 더 걸릴 것 같아서 같은 국화과 식물을 대신 갖고 왔다는 말을 덧붙이며 바구니에 코스모스를 꽂았다.

"그게 꽃병이에요?"

히오가 대나무로 엮은 바구니를 신기하게 쳐다보자 미야코가 입을 꾹 다물고 빙긋 웃는다.

"실은 도시락통이야. 아지로."

나무나 대 따위의 가늘고 긴 조각을 엇걸어서 짜는 방식을 아지로라고 한다며 미야코가 뚜껑을 손에 들고 설명한다.

"어디서 본 적 있는 것 같아요."

히오는 주먹밥이나 샌드위치를 담으면 좋겠다면서 고개를 끄덕인 다음 "국화절인데 실제 계절과는 동떨어지네요" 하며 청초하게 핀 코스모스 몇 송이가 들어 있는 바구니로 눈을 돌린다.

지금 두 사람은 오늘이 9월 9일이라는 이야기를 나누고 있다. 음양학에서는 홀수를 양, 다시 말해 기운이 좋은 숫자로 여긴다. 그래서 예로부터 홀수 중에서도 가장 큰 숫자인 9가 겹치는 9월 9일을 중양절이라고 하여 건강과 장수를 기원하고 나쁜 기운을 없애는 날로 삼고 있다. 국화절이라고도 불리는 이날에는 국화꽃을 장식하고 술에 국화 꽃잎을 띄운 국화주를 마시며 축하하는 풍습이 있다.

"아까 과일 가게에서 이걸 사 왔어요."

샛노란 식용 국화꽃으로 음료수라도 만들 생각인지 가방에서 꺼내 미야코에게 보여준다. 미야코도 "국화주라도 만들려고?" 하고 물었지만 정작 히오는 나름대로 계획이 있다는 듯이 싱글벙글 웃기만 한다.

"중양절에 맞춰 뭘 내놓을지 궁금하지만 오늘은 워크숍이 있어서 그만 가봐야겠어."

미야코는 분무기로 바구니의 코스모스에 물을 뿌리고 나서 후다닥 도구를 정리했다.

"오늘도 워크숍 해요?"

주말에만 워크숍을 연다고 생각했던 터라 히오가 화들짝 놀란다.

"참가하고 싶어 하는 사람이 많아서. 이번 달부터는 평일에도 하기로 했어."

"인기가 많네요."

히오는 손뼉을 짝짝 쳤다.

"워크숍 준비까지 하려니 힘들긴 한데. 그래도 재밌어."

미야코는 눈웃음을 활짝 지으며 그렇게 말하고 나서 비밀이라도 털어놓듯 상체를 앞으로 내밀었다.

"그리고 가나 씨가 우리 가게 2층을 작업실로 쓸지도 몰라."

가나가 작업 공간이 비좁다고 하자 미야코가 가게 2층

을 권한 눈치다.

"정식으로 결정된 건 아니지만 아마 그렇게 될 거 같아. 그렇게 되면 1층에서 가나 씨 작품을 판매하면 좋겠다는 얘기도 하고 있고."

미야코의 얼굴에 빛나는 미소가 사르르 번졌다.

카페 체리 블라썸의 2층 복도에 환한 햇살이 퍼지고 있다.

"아아. 이러다 여름이 영영 안 끝나는 거 아냐?"

가을 분위기가 물씬 풍기는 쟁반을 골랐는데, 하고 히오가 투덜거리며 벚나무 방으로 들어갔다. 방 안의 손님도 여름옷을 입고 있다. 옆에는 노트북이 펼쳐져 있고 자료인 듯한 책이 여러 권 쌓여 있는 걸 보니 일을 하면서 차를 마실 생각인가 보다. 이런 손님은 오래 있다가 갈 테고 조용히 해주길 바라겠지.

히오는 과자 접시와 찻잔을 올린 쟁반을 여자 손님 옆에 살며시 내려놓았다.

"오늘 준비한 과자는 기세와타(솜을 씌웠다는 뜻-옮긴이)입니다."

과자 이름만 알려주고 나가려는데 "정말 귀여운 과자

네요" 하는 들뜬 목소리가 히오를 붙잡았다.

"설명해드릴까요?"

조심스레 묻자 꼭 듣고 싶다며 손님의 눈이 반짝거렸다. 노트북에서 얼굴을 뗀 손님은 분위기로 보건대 미야코와 동년배거나 어쩌면 조금 더 나이가 많을지도 모르겠다.

요즘은 회사에 가서 일하지 않아도 된다. 자택은 물론이고 카페나 공공시설을 작업실로 활용하는 사람도 많다고 들었다.

"직장 내 인간관계 때문에 고민할 필요도 없고요. 남의 페이스에 말려들 일이 없어서 효율적이라고 하더라고요."

얼마 전에 유토 엄마 미즈호가 동료에게 들은 얘기라면서 그렇게 말했다.

"그러면 미즈호 씨도 재택근무를 신청할 수 있어요?"

매일 아이를 어린이집까지 데려가고 데려오려면 힘들겠다며 히오가 물었다.

"그게 말이죠. 저는 출근하는 편이 오히려 기분 전환에 도움이 돼서 좋아요."

미즈호가 빳빳하게 다림질한 옷깃을 매만졌다. 옷을 차려입고 화장을 하고 집을 나선다. 출근 과정에서 엄마에서 일하는 여성으로 스위치가 전환된다. 미즈호의 몸짓이 그렇게 말해주던 것이 생각났다.

여자 손님은 일손을 멈추고 히오의 설명을 기다렸다.
"오늘은 9월 9일, 중양절입니다."
히오는 허리를 곧게 세우고 한마디 한마디 조용히 읊조리듯 말을 자아냈다. 그럭저럭 손님 응대를 잘하는 히오를 기특하게 생각하면서 나도 히오의 맑은 음성에 귀를 기울였다.

중양절 전날 밤에 국화꽃 꽃봉오리에 솜을 씌운다. 이튿날이 되면 국화 향이 밴 그 솜으로 몸을 닦는다. 다시 말해, 국화꽃에 솜을 씌우는 '기세와타'는 중양절과 관련된 일본의 풍습이다. 오늘 히오가 준비한 화과자도 솜을 씌운 국화꽃을 본떠서 만들었다. 분홍색 국화꽃을 표현한 네리키리(찹쌀 반죽과 팥소로 모양을 낸 화과자-옮긴이) 위에 으깬 흰색 앙금이 올라가 있다.

"이게 솜이군요."
봉긋한 흰색 앙금은 꽃송이 위에 내려앉은 눈처럼도

보인다.

"이 차에 띄운 것도 국화꽃이네요."

히오가 오늘만 맛볼 수 있는 국화차라고 이어서 말한다. 고소한 호지차 향이 찻잔을 감쌌다. 더운 김 너머로 샛노란 꽃잎 몇 장이 불꽃처럼 퍼져 있다. 오늘 과일 가게에서 사 온 식용 국화를 이렇게 쓴 것이다. 손님이 알아줘서 기쁜지 히오는 가슴을 쫙 펴고 고개를 끄덕였다. 손님이 찻잔에 든 차를 한 모금 마시고는 마음이 편안해지네요, 하고 숨을 내쉰다. 창밖을 바라보던 손님의 기다란 눈매가 나를 향했다.

"저건 무슨 나무예요?"

"벚나무예요. 산벚나무요."

그렇구나, 하고 장단을 맞추더니 "그럼 봄철에는 엄청 예쁘겠어요" 하며 꽃이 핀 내 모습을 상상하는지 입가에 미소가 어렸다.

"예에. 근데 조금만 지나면 또 한 번 멋진 모습을 볼 수 있어요."

"조금만 지나면요?"

"예. 단풍이 정말 곱게 물들거든요."

히오는 내 나뭇잎에서 눈을 떼지 않았다.

"단풍? 벚나무도 단풍이 드나요?"

벚나무는 꽃이 전부가 아니다. 봄에는 더없이 사랑스러운 눈길로 바라보고 꽃이 지는 걸 아쉬워하는 사람이 많다. 그러다 꽃이 피지 않는 시기에는 땅에 심어져 있는 나무가 벚나무라는 사실마저 잊어버린다. 화사함을 뽐내는 시기가 아니더라도 계절마다 다른 멋이 있다. 사시사철 매력을 발산하는 것이다.

"벚나무 단풍이라고 한대."

어린 히오에게 가르쳐주던 사쿠라코의 음성이 내 귓가를 파고들었다.

모든 일에는 여러 측면이 있다. 생각을 바꾸면 똑같은 상황도 달리 인식되고 보이지 않던 면도 보인다는 사실을, 시간에 쫓겨 바쁘게 지내다 보면 놓칠 때가 있다.

"1층 현관 앞에도 코스모스가 놓여 있던데."

손님이 불쑥 말을 꺼냈다.

"그러고 보니 코스모스는 한자로 가을 벚꽃秋桜이라고 쓴다면서요?"

히오가 입꼬리를 올린 채 고개를 끄덕이고 방을 나간 뒤에도 그 손님은 한동안 창밖에 시선을 고정했다. 바쁠수록 자연을 바라보면 많은 것이 달라진다. 단지 몇 분,

아니 몇 초만이라도 자연에 닿으면 마음이 편안해지고 머리가 맑아진다. 발끝에 묶여 있던 시선을 다시 들 수 있는 용기가 생긴다. 이윽고 손님은 다시 노트북 화면으로 고개를 돌렸다. 뒷모습에서 조바심 같은 것이 사라졌다. 내 눈에는 그렇게 보였다.

♣

'더위도 추위도 피안(춘분과 추분-옮긴이)까지'라는 말도 있듯이 9월이 절반쯤 지나고 나자 살 만해졌다.

"괜히 서글퍼지네."

명랑한 성격이 장점인 사쿠라코가 웬일로 그런 말을 내뱉었다. 미야코가 이번 주는 워크숍이 겹쳐서 바쁘다기에 히오는 사쿠라코에게 안채 마당에 피어 있는 참억새를 꺾어다 달라고 부탁했다. 꽃이삭이 늠실늠실 물결치고 있었다.

"서글프다고?"

히오는 자기 귀를 의심했다.

"난 가을이 와서 환호성을 지르고 싶은 기분인데? 엄마도 더운 건 못 참으면서."

히오는 의외라며 놀랐다.

"나도 더운 건 싫지. 선선해져서 너무 좋지만. 어쩐지 마음에 차가운 바람이 부는 기분이 들어. 히오 넌 아직 이런 애수를 이해 못 해."

사쿠라코가 얼굴을 돌리고 말한다.

언제부터였을까, 일몰이 빨라지고 겨울을 향해 다가가는 이 계절이 찾아올 때마다 마음속에 아쉽고도 쓸쓸한 감정이 스치는 게. 나도 스스로에게 물었다.

"그런가?"

아직 젊은 히오는 시간이 흐를수록 가늘어지는 인생에 관해 생각해본 적도 없다. 당장은 굳이 멀리 내다보지 않아도 된다. 그저 지금이라는 시간을 올곧게 살아가면 된다. 내 목소리가 사쿠라코에게 닿았을까, 열린 현관문 앞에서 사쿠라코가 살랑거리는 내 잎사귀로 시선을 보냈다.

"산벚나무 잎도 물이 들기 시작했구나" 하더니 "벚나무 자르는 바보, 매화나무 자르지 않는 바보" 하며 친숙한 속담을 입에 올렸다.

"무슨 말이야?"

히오가 처음 듣는 말이라며 궁금해했다. 사쿠라코는 내가 말 안 했나? 하고는 설명을 시작했다. 벚나무는 가지를 치면 자른 부분이 썩기 쉽다. 그러므로 가지를 칠 때는 조심해야 한다. 반면, 매화나무는 가지치기를 게을리하면 꽃이 안 예쁘게 열린다. 그러니 나무를 관리하는 방법을 틀리면 안 된다는 말이다.

"근데 말이야, 이 속담은 아이 키울 때도 마찬가지야. 개성을 존중해야 한다는 뜻이지."

사쿠라코 부부는 그들 나름대로 올바르게 양육했을까. 물론 정답은 없다. 하지만 지금 이렇게 히오가 밝고 건강하게 자라줘서 다행이라며 나도 사쿠라코도 마음을 놓았다.

벚나무는 잘린 가지를 통해 균이 잘 들어온다. 그렇다고 가지치기를 아예 안 하는 게 정답이냐고 묻는다면 그건 또 아니다. 벚나무는 새로 자란 가지와 잎자루가 이어지는 부분에 싹을 틔운다. 기다란 가지에는 잎눈이, 비교적 천천히 자라는 짧은 가지에는 꽃눈이 맺힌다. 가지치기를 한 뒤에 바로 꽃을 피울 가능성은 적다. 한편 매화나무는 가지에 잎눈과 꽃눈이 동시에 맺히는 일이 많다. 가지치기한 이듬해에도 꽃이 핀다. 오래된 가지를 잘라내고 나면 꽃이 더 건강하게 핀다는 말도 있다.

나는 내 가지를 눈에 담았다. 윤기를 잃고 메마른 가지는 등줄기가 서늘할 정도로 가늘고 약해져 있었다. 이대로 늙어가는 일만 남은 건가, 하며 내쉰 한숨이 바람이 되어 한 번 더 잎사귀를 떨어뜨렸다.

보름달이 되어가는 저 달은 초승달일 때부터 특별한 빛을 뿜어내는 것처럼 보였다. 태어난 순간부터 중추명월(음력 8월 15일에 뜨는 보름달-옮긴이)의 사명을 지니고 있었던 건가. 그런 운명이 부럽다가도 거역할 수 없다는 점을 생각하면 안쓰러운 마음이 들었다.

히오는 마당에 산벚나무가 있는 집에 태어나 행복했을까, 아니면 달리 가보고 싶은 길이 있었는데 선택권이 주어지지 않아서 아쉬웠을까. 해가 일찍 저무는 계절이면 생각이 또 다른 생각을 불러온다.

❀

카페 체리 블라썸은 오후 6시에 문을 닫는다. 5시가 지나고 날이 저물자마자 얼마 안 있어 떠오를 보름달을 애타게 기다렸다.

"들어가도 될까요?"

어두컴컴한 마당을 등진 여자 손님이 현관 앞에 나타났다.

"네, 6시까지 영업하는데 괜찮으세요?"

히오는 손님을 가게 안으로 들이고 나서야 미즈호를 알아보았다. 유토는 보이지 않았다.

"어머, 안녕하세요. 자전거는……."

히오가 어리둥절해한다.

"걸어서 왔어요. 혼자."

미즈호는 고개를 살며시 흔들면서 대답했다. 히오가 손님용 슬리퍼를 권하고 카페 안으로 안내하자 멋진 가게라며 혼잣말을 한다.

"언젠가 한 번 들어가봐야지 했었는데. 드디어 왔네요."

미즈호가 쌍꺼풀이 진한 눈을 깜빡거린다. 퇴근길에 볼 때는 정장 차림이었지만 오늘은 편안해 보이는 파란색 셔츠와 청바지를 입고 있다. 어깨 위에서 내려오는 담요처럼 포근해 보이는 숄이 미즈호의 몸을 따뜻하게 감싸고 있다.

히오가 앞에 서서 안으로 걸어갔다.

"벌써 날이 저물었네요."

복도의 조명이 오렌지색 불빛을 내뿜고 있다.

벚나무 방으로 들어가 주문을 받고서 히오는 주방으로 갔다. 과자와 차를 준비해 방으로 돌아오자 미즈호는 급하게 허리를 반듯하게 폈다.

"처음이라서, 어쩌면 좋죠? 다도 예법을 하나도 모르는데."

부끄러워하며 고개를 숙인다.

"예법은 상관없어요. 편하게 쉬다가 가시면 되죠."

테이블 위에 과자 접시를 내려놓자 "와, 귀엽다" 하는 목소리가 울렸다.

웃음이 터지면서 긴장도 풀렸는지 딱딱하게 굳어 있던 몸이 이완하는 것처럼 보였다. 동그란 도자기 접시에는 토끼 모양과 달 모양의 자그마한 양갱이 나란히 놓여 있다. 모양 틀로 양갱의 모양을 만든 것이다.

"곧 중추명월이 떠오를 거라서 이런 과자를 준비해봤어요. 달과 토끼예요."

모양 틀로 찍어내기만 해도 이렇게 귀여워지는군요, 하며 웃던 미즈호가 툭 던지듯 말한다.

"혼자만의 시간은 오랜만이에요."

유토는 어디 갔어요? 하고 히오가 묻자 미즈호가 어깨

를 움츠리며 대답했다.

"잠깐, 저 가출했어요."

히오는 유토가 아직 가출할 나이는 아닌데, 하고 생각하면서 미즈호의 뒷말을 기다렸다.

"남편두 애들두 다들 자기밖에 몰라요. 뭐든지 내가 다 알아서 해줄 줄 알아요. 순간 너무 화가 나서 잠깐 나갔다 올게, 하고는 그냥 나와버렸어요."

장난스레 슬쩍 윙크한다. 매일 등하원을 직접 시켜야 하는 유토 말고 초등학교에 다니는 딸도 있다고 한다. 육아와 일을 동시에 하는 건 상상 이상으로 힘들다며 한숨을 내쉰다.

"일하는 건 좋아해요. 보람도 있고요."

자전거 바퀴에 바람이 빠져서 카페 체리 블라썸에 잠시 들렀던 날은 육아휴직이 끝나고 직장에 복귀한 지 얼마 안 됐을 때였다. 힘들지만 일을 하면 머리 회전에 도움이 돼서 좋다고 했었다.

"나도 일을 하니까 남편과 동등한데 육아휴직이 끝난 뒤에도 아이를 보살피는 일은 계속 내 몫인 거예요."

독박 육아에 시달리고 있다며 어처구니없어했다.

"지난주에는요, 송별회가 있어서 남편한테 유토 좀 데

려와달라고 부탁했거든요, 그랬더니 글쎄, 자기도 요즘 술자리를 줄이고 있다면서 싫은 소리를 하는 거예요."

너무 어이가 없어서일까, 화가 났다기보다 포기한 것 같은 투로 계속 말했다.

"술자리를 줄인 게 맞긴 한데요, 일주일에 다섯 번 마시던 걸 세 번으로 줄인 거거든요."

"저도 그런 이야기 자주 들어요. 남편들이 실제 하는 일은 없는데 자기도 함께 아이를 키운다며 착각한다고요."

히오도 맞장구를 친다.

"유토는 아빠가 데리러 오는 건 싫다면서 울지를 않나, 딸은 고학년이 되더니 말도 없어지고 어찌나 사춘기 티를 내는지. 맨날 용돈 부족하다고 투덜대기나 하고."

쌓여 있던 울분을 단숨에 쏟아낸다.

"그래서 가출했어요?"

"네. 겨우 몇 시간짜리 가출이지만요."

가끔은 따끔한 맛을 보여줘야 자신이 얼마나 고마운 존재인지 알 거라며 힘주어 말하던 미즈호의 표정이 단호했다.

"짧은 가출이지만 편하게 있다가 가세요."

히오는 문득 카페를 열길 잘했다고 생각했다. 누군가

에게 도피처이자 안식처이자 본래의 자신으로 돌아갈 수 있게 해주는 장소가 체리 블라썸이라니 더할 나위 없이 기뻤다. 창밖으로 휘영청 밝은 달이 서서히 떠오르고 있다.

✤

  나뭇잎이 노랑과 빨강으로 물드는 현상을 단풍이라고 한다. 하지만 그건 정확한 표현이 아니다. 기온이 내려가면 광합성에 필요한 엽록소가 잎에서 가지로 돌아가면서 원래부터 거기 있었던 노란색 색소가 두드러지게 된다. 다시 말해 녹색 색소가 빠져나간 탓에 노란색이 보이는 것이다. 이런 말을 하면 가을의 운치가 반으로 줄어들지도 모른다. 그렇지만 하나만 더. 보통 잎은 초록에서 노랑 그리고 진홍이 되어 떨어진다. 이렇게 나뭇잎이 붉은빛을 띠는 건 가지로 연결되지 않고 남아 있던 일부 영양분이 분해되어 붉은색 색소를 만들기 때문이다. 아주 짧은 기간에만 이런 일이 일어난다는 것을 사람들이 알까.

  단풍을 즐기는 마음은 덧없이 지는 벚꽃을 사랑하는 마음과 같을 것이다. 기온이 뚝 떨어지면서 내 몸에 달린 나뭇잎도 녹색에서 노란색으로 변하더니 불그스름한 잎이 드문드문 보이기 시작했다.

오랜만에 오쿠노가 카페에 모습을 드러낸 것은 며칠째 비가 계속 내리던 날이었다. 이 시기에는 여름 장마철이나 봄장마 때보다 비가 더 많이 내릴 때도 있다. 이 비가 그치고 나면 계절이 확실한 가을로 옮겨간다.
"처음 오셨던 날도 비가 왔었어요."
손수건으로 블루종에 송송 달라붙은 물방울을 훔치며 카운터 위의 꽃을 바라보는 오쿠노에게 히오가 사근사근하게 말을 건넸다.

오늘 아침에 미야코는 "드디어 국화가 만발했어"라면서 소국만 열 송이 정도 골라 만든 커다란 꽃다발을 갖고 왔다. 옻칠을 입힌 술병에 흰색과 노란색과 자홍색과 황록색이 골고루 섞인 소국을 꽂자 꽃병의 붉은빛과 어우러져 이루 말할 수 없이 화려하다. 비가 내려 어두컴컴한 실내에서 마치 그곳에만 불을 밝힌 듯 생기가 넘쳐난다. 오쿠노는 국화꽃에서 히오에게로 시선을 옮기며 눈을 휘둥그레 떴다.
"그런 것까지 기억하시는군요."

"막 벚꽃이 피기 시작하던 때라서 기억에 남았어요."

그날은 봄 같지 않게 바람이 쌀쌀하고 하늘도 흐리더니 오쿠노 부부가 카페에 머물러 있던 사이에 보슬비가 내리기 시작했었다. 오쿠노는 자신이 비구름을 몰고 다닌다며 쓴웃음을 짓는다. 그러더니 "이제 생각났습니다. 그날은 벚꽃이 피어 있었어요." 하며 그리운 듯 눈매가 가늘어졌다.

"이 비가 단풍을 재촉하겠죠."

오쿠노를 벚나무 방으로 안내한 히오가 창문 너머로 비에 젖은 나를 바라본다.

"순식간입니다."

오쿠노는 숙연하게 한마디 하고 나서 "우리 부부가 만난 지도 벌써 40년이나 됐지만 정말이지 한순간이었어요. 정신을 차리고 보니 둘 다 젊은 나이가 아니더라고요" 하며 자기 이야기에 빗대어 말했다.

나도 불과 몇 달 전에는 꽃이 활짝 피어 있었는데, 하면서 눈이 부셨던 햇살을 떠올렸다. 그때의 추억은 어느새 청춘을 향한 선망으로 바뀐다. 두려움 없이 전진하는 청춘의 강인함을 생각하고 있자니 서서히 끝이 보이는 내 모습에 서글퍼진다.

히오가 주문을 받고 방에서 나가자 오쿠노는 혼자 남아 땅이 꺼져라 한숨을 쉬었다. 창문 너머로 보이는 그의 뒷모습은 오늘따라 왠지 힘이 없어 보였다.

히오가 과자와 차를 얹은 쟁반을 들고 돌아왔을 때 오쿠노는 고개를 푹 숙이고 있었다.

"차와 과자 나왔습니다."

히오가 어떻게 말을 건네야 할지 몰라서 망설이며 테이블 위에 쟁반을 내려놓은 순간 오쿠노가 천천히 고개를 들었다. 쟁반에 놓인 한입 크기의 라쿠간(곡물가루와 설탕으로 만든 건과자의 일종으로 우리나라의 다식과 비슷하다-옮긴이)을 보더니 아아, 하며 희미하게 미소를 지었다.

"국화군요. 현관에도 국화가 놓여 있던데."

국화를 단순한 모양으로 만든 과자다. 가을바람이 소슬히 불기 시작하면서 히오는 갖가지 국화 모양 과자를 찾아 손님에게 내놓고 있다.

"원예 전문가에게 들었는데 이제부터 국화가 제일 예쁜 시기라고 하더라고요."

그렇군요, 하며 히오의 말을 듣고 있던 오쿠노는 "중양절과는 시기가 안 맞네요?" 하고 묻다가 원래는 음력이라서 그렇구나, 하며 혼자 수긍한 듯 고개를 끄덕였다.

오쿠노의 정확한 지식에 히오는 "잘 아시네요" 하며 감탄했다.

"아내 덕분입니다."

멋쩍게 웃다가 조용히 고개를 옆으로 흔들었다.

"저는 아내와의 공통 언어를 갖고 싶었습니다."

웃고 있는데도 왠지 우는 것처럼 보였다. 무슨 일이라도 있었던 건지 목소리를 쥐어짜며 띄엄띄엄 말을 이었다. 일본 문화에 관심 많은 아내의 취향에 맞춰 절을 다니고 둘이 함께 전통찻집을 찾아다니기도 했다. 지인의 아내가 집에서 가정식 요리를 가르치고 있다는 소식을 듣고 아내에게 추천하기도 했다. 엘라는 금방 익숙해져서 친구도 생겼다.

"명랑한 사람이거든요. 항상 웃고 있어요."

낯선 땅에서도 엘라는 줄곧 즐겁게 지내는 것처럼 보였다며 지난날을 아련히 떠올린다.

"정기적으로 영국 고향도 갔고요. 아내가 워낙 일본을 좋아하니까 여기서 계속 살고 싶어 할 거라고 철석같이 믿었어요. 누가 뭐래도 즐거워 보였으니까요."

같은 말을 되풀이했다.

"그런데, 그게 아니었어요."

"아니었다고요?"

묵묵히 듣고 있던 히오가 반응하자 오쿠노는 일단 말을 끊고 차를 한 모금 마셨다.

"지난주였습니다. 아내가 요리 교실에 가는 날이라서 보통 때 같으면 집에 아무도 없는 시간이었어요."

집에 들어갔더니 엘라가 불도 켜지 않은 거실에 멍하니 앉아 있었다. 불을 켜자 엘라는 테이블 위에 놓여 있던 물건들을 황급히 정리하기 시작했다. "일찍 왔네"라고 말할 때의 목소리가 잠겨 있기에 얼굴을 쳐다봤더니 눈가가 벌겋게 물들어 있었다고 한다.

"울고 있었던 거죠. 예전에 장인어른과 장모님과 친구에게서 받은 편지와 사진을 보고 있었습니다. 나중에 지인에게 물어봤더니 몇 달째 요리 교실에도 얼굴을 비추지 않았다고 하더군요."

후드득후드득 가을비가 떨어지는 소리가 방 안을 가득 메웠다. 어디에선가 가을벌레가 울고 있을 테지만 빗소리에 묻혀서 아무 소리도 들리지 않았다.

"젊을 때는 자극이 즐겁잖습니까. 그렇지만 나이가 들면 아무래도 옛날이 그리워지기 마련이거든요."

히오는 가만히 오쿠노의 얘기를 들어주었다.

"내가 걱정할까 봐 늘 밝게 웃고 있었던 겁니다."

미안한 짓을 저질렀다며 낮게 읊조리는 오쿠노의 가느다란 목소리는 빗소리에 섞여 순식간에 지워졌다.

내 잎시귀는 내년에 피어날 꽃눈을 보호하는 역할을 한다. 여름날의 햇빛을 영양분 삼아 튼튼하게 자란 꽃눈은 곧 동면에 들어간다. 그렇게 되면 잎은 제 역할을 다했으므로 붉게 단풍이 들었다가 땅으로 속절없이 떨어진다. 내게는 월동 준비를 위해 잎을 떨어뜨려야 한다는 새로운 임무가 주어지는 셈이다. 성숙한 그들은 어디로 가야 할까. 나이를 먹으면 서로를 아끼며 살아온 부부의 역할도 달라지지 않을까.

"내 친구들과도 마지못해 어울렸던 건 아닐까, 그런 생각을 하면 견딜 수가 없어요. 일본에 오지 않고 둘이 사는 길도 분명 있었을 텐데. 지금이라도 아내가 고향에 돌아가서 살고 싶어 한다면 그렇게 할 수 있게 도와주는 게 내 역할인 것 같다는 생각도 듭니다."

'매화꽃 향기를 덧입힌 벚꽃을 버드나무 가지에서 피우고 싶다.'

이렇게 말하는 욕심쟁이가 있다. 향기로운 매화 향이

나는 벚꽃이 기다란 버드나무 가지에 피면 좋겠다니. 없는 것을 갖고 싶다고 떼를 쓴들 아무 소용이 없다. 매화는 매화만의 향기가 있고 벚꽃은 벚꽃만의 아름다움이 있다. 버드나무도 마찬가지. 각각의 장점을 사랑하면 그걸로 충분하지 않을까.

때때로 불어오는 바람을 타고 잎사귀가 한 잎, 또 한 잎 떨어졌다. 새빨간 잎사귀 뒷면의 연한 붉은빛이 노을을 닮았네, 하고 해가 완전히 저문 마당에서 혼자 생각했다.

✿

올해는 여름이 다 가도록 늦더위가 기승을 부렸지만 그래도 어김없이 계절은 바뀌었다. 예쁘게 물이 들었던 내 잎은 이제 낙엽이 되어 굴러다니기 시작했다.

"벌레 먹었나."

히오가 몸을 숙이고 주운 낙엽을 만지작거리며 나를 올려다보았다.

"나무에 벌레가 사는 걸까."

히오의 손이 닿은 줄기가 울퉁불퉁하고 거무튀튀해져 있어서 나도 내심 흠칫 놀랐다. 산벚나무 줄기는 어릴 때는 보랏빛을 띠고 윤기도 난다. 짧은 가로줄이 두드러지는 것도 산벚나무의 특징 중 하나건만 나이 든 내 몸에는 세로로 갈라진 줄만 가득하다. 과거에는 위로 곧게 뻗어 있었던 가지 모양이 지금은 옆으로 누워 있는 것처럼 보인다. 아마 무거워진 몸을 견디지 못해 가지가 아래로 처졌기 때문일 테지. 언제부턴가 몸이 전체적으로 둥그스름해졌다. 나이 든 나무를 올려다보는 히오의 표정이 똑똑히 보이지 않는다.

벚나무 잎에 동그란 구멍을 만드는 주범은 나비와 나방의 유충이다. 유충의 입에 들어간 잎은 똥이 되어 흙과 섞인다. 그 흙은 벚나무의 성장을 돕는 영양분이 된다. 그러므로 잎을 갉아 먹는 벌레와 벚나무는 공생 관계라고 볼 수 있다.

동이 틀 무렵, 아직 날이 밝기도 전에 산책하러 나온 시바견이 발치에 쌓인 낙엽을 파내고 있다. 잎사귀 밑에 숨어 있는 벌레를 노리는 것이다. 노인이 이제 그만 돌아가자며 리드줄을 당겼지만 시바견은 다리에 힘을 주고 버티고 서서 흙장난에 몰두했다.

동박새는 봄철에 꽃가루를 운반한다. 찌르레기와 족제비는 열매를 먹고 오목눈이는 둥지를 짓는다. 줄기 밖으로 나온 벌레를 잡아먹는 일은 딱따구리의 역할이다. 개미는 잎사귀에서 나오는 꿀을 빨아 먹는 대신에 잎을 파먹는 벌레를 잡아주면서 함께 살아가고 있다. 이렇게 나무 한 그루에는 여러 생명체가 얽히고설켜 살고 있다. 혼자 힘으로 자랐다고 자만하면 안 된다고 스스로에게 경고한다. 얼핏 해를 끼치는 것처럼 보이는 벌레조차 성장에 도움을 준다는 사실을 알고 나면 얼마나 마음이 편안해지는지 모른다. 커다란 나무는 그저 그 자리에 존재하는 것만으로도 다른 생물이 겨울을 나고 편히 쉬는 보금자리의 역할을 한다.

이 사실을 깨닫기는 쉽지 않다. 지금 마당에서 멍하니 나를 보고 있는 히오도 언젠가는 자신이 끊임없이 이어져 온 생명의 일부라는 사실을 깨닫게 되는 날이 오겠지.

♣

그 모녀가 카페에 찾아온 것은 가을빛이 깊어가던 어느 날이었다. 별로 늦은 시간도 아닌데 마당에는 일찌감치 어둠이 깔리고 있었다.

"어서 오세요."

히오는 슬리퍼를 내주고 두 사람을 밝은 실내로 데려가려고 했다.

"오늘은 인사를 드리려고 왔습니다."

저희는 모녀지간인데요, 하고 서론을 꺼낸 뒤에 어머니 쪽이 격식을 차린 어조로 인사하며 히오의 길음을 멈춰 세웠다. 두 정거장 떨어진 역 이름을 입에 올리며 거기서 왔노라고 자기소개를 했다. 컴컴한 마당을 등지고 있어서 표정까지는 알 수 없었지만 목소리에서 발랄한 분위기가 전해졌다.

노란 암술을 달고 단아하게 핀 흰색 들꽃이 카운터 위에 놓여 있다.

"어머, 추명국이네요."

어머니의 말에 딸이 "이 꽃이 국화라고?" 하며 놀란다.

가지가 갈라진 가느다란 줄기가 흔들리자 가냘픈 꽃의 정취가 물씬 풍긴다.

"이름은 그런데 이건 국화과 꽃이 아니야."

뜻밖의 말에 이번에는 히오의 입에서도 앗, 하는 감탄사가 흘러나왔다.

"이거, 미나리아재비과 꽃이에요. 아네모네랑 같아요."

어머니가 화사한 서양 꽃 이름을 입에 올렸다.

미야코에게 꽃 이름을 듣고서 히오도 나도 제멋대로 국화과 꽃이라고 넘겨짚었는데.

"전혀 몰랐어요."

충분히 그럴 수 있다면서 어머니가 히오와 딸의 얼굴을 번갈아 보며 소리 내어 웃었다.

"다회에서 쓰는 꽃이거든요."

"그래서 잘 아는구나."

딸이 어머니의 얼굴을 무심히 쳐다보았다.

왕벚나무는 접붙이기와 꺾꽂이를 통해서만 개체 수를 늘릴 수 있는 반면 산벚나무는 종자로 번식할 수 있다. 그렇지만 부모 나무의 씨앗을 뿌렸다고 자식 나무도 똑같은 꽃을 피울 거라고 장담할 수는 없다. 나무마다 꽃의 크기와 모양과 색깔이 다르다. 부모와 자식은 무조건 성격과 외모가 비슷할 거라고 착각하면 안 된다는 점은 사람도 마찬가지 아닌가.

현관 불빛에 두 사람의 모습이 비쳤다. 육십 대쯤 돼 보이는 어머니는 붙임성이 좋고 명랑한 성격이다. 헐렁하고 심플한 디자인의 원피스에 네이비블루 코트를 입고 있다. 히오보다 몇 살 더 많을 듯한 딸은 금색에 가까운 갈색으로 밝게 염색한 머리를 하나로 묶고 흰색 니트 위에 발목까지 오는 아이보리색 롱 재킷을 걸치고 있다.

"저어……."

드물긴 하지만 영업이나 취재 등을 이유로 카페를 방문하는 사람도 있다. 히오가 이 모녀는 무슨 목적으로 찾아왔을지 생각하느라 말을 더듬거리자 두 사람은 소개가 늦었다며 말을 꺼냈다.

"저희는 화과자 만드는 일을 하고 있는데요, 혹시 따로 계약을 맺은 화과자 가게가 있으세요?"

"아뇨, 아뇨."

히오가 손을 좌우로 흔들었다. 손님이 많지 않은 작은 카페여서 여러 가게를 돌아다니며 매일 필요한 만큼만 사 온다고 뒷말을 잇는다.

어머니 쪽이 "힘드시겠어요" 하며 놀란다. 물론 거래를 트고자 찾아왔겠지만 어머니의 말투에서 진심으로 걱정하는 마음이 느껴지자 히오는 얼떨결에 경계심을 풀고 솔직한 속마음을 털어놓았다.

"네. 품은 들지만 예산이 정해져 있어서요. 무엇보다 화과자 가게를 방문할 때마다 계절을 느낄 수 있어서 좋아요."

히오의 진심이 전해졌는지 어머니가 자기도 잘 안다며 고개를 끄덕이더니 "얘, 차 한잔하고 가자" 하며 딸에게 말을 건넸다. 들어오세요, 하며 히오가 슬리퍼를 꺼내주자 현관 앞에서 망설임 없이 신발을 벗었다. 히오는 두 사람을 안내하면서 자기도 모르게 가게에 관해 이런저런 이야기를 하기 시작했다. 처음 온 손님이지만 비슷한 업계에서 일한다는 사실을 알고 나니 가족을 대할 때처럼 거리낌이 없어졌다.

"할머니 대부터라. 그럼 창업한 지 꽤 오래됐겠네요?"

딸이 묻자 히오는 손가락을 하나둘 접으며 그렇게 오래되지는 않았다고 대답하다가 생각보다 오래돼서 스스로도 깜짝 놀란다.

"화과자 가게는 어머니께서 시작하신 건가요?"

히오가 호기심 가득한 표정으로 물어보니 어머니가 시원시원하게 대답했다.

"아뇨, 시댁의 가업이에요. 제가 화과자 전문점으로 시집을 온 거죠. 남편은 회사원이라서 지금도 직장에서 일하고 있어요."

시아버지가 화과자 장인이어서 제품을 만들고 자신은 시어머니와 함께 가게에서 고객 응대를 담당했었다고 한다.

"옆에서 보다 보니까 직접 만들고 싶어지더라고요. 그래서 영업시간이 끝난 뒤에 매일 밤 시아버지께 배웠어요."

시부모님이 은퇴한 후 힌동인은 혼자서 화과자를 만들고 손님 상대도 하면서 일인다역을 했다고 한다.

"딸이 제 몫을 할 수 있게 되면서부터 어느 정도 여유가 생겼어요. 그리고 나니까 가게에 앉아 손님을 기다리고만 있으려니 어쩐지 아쉬운 마음이 들더라고요."

지금은 딸과 업무를 분담해서 근처 카페에 납품도 하고 이벤트 참가도 하면서 활동 범위를 넓히고 있다고 한다.

"두 분은 어떤 과자를 만드세요?"

히오가 물었다.

"요즘은 차를 마실 때 곁들이는 과자에 주력하고 있어요. 정식 다회뿐 아니라 다실에서 가볍게 차를 즐기는 분들도 의뢰하시거든요."

딸이 등줄기를 곧게 펴고 대답했다. 서 있는 자세가 참 우아하다.

"아아, 그래서 꽃에 대해 잘 아시는군요."

좀 전에 어머니가 추명국이 다회에 쓰는 꽃이라고 알

려주던 것을 떠올리며 깊이 수긍한다. 두 사람의 태도에 히오는 신뢰감을 느꼈다.

"정기적인 계약은 어렵지만 한 번씩 부탁드려도 될까요?"

"물론이죠."

눈빛을 반짝이는 딸을 눈이 부신 듯이 바라보는 어머니의 시선에서도 온기가 전해진다. 히오가 국화의 계절에 어울리는 과자를 찾고 있다고 하자 "맡겨만 주세요" 하는 만족스러운 대답이 돌아왔다.

"저희가 도움을 드릴 수 있어서 기쁩니다."

어머니가 공손히 인사하며 "소에다입니다" 하고 이름을 먼저 밝힌 다음, "고코예요"라면서 딸의 이름도 알려주었다. 새로운 도전에 히오는 가슴이 두근거렸다. 과연 어떤 과자를 만들어 올까, 나까지 덩달아 들떠서 몸을 부르르 떨었더니 잎사귀들이 쏴쏴 소리를 내면서 떨어졌다. 소에다 모녀를 배웅할 무렵 마당은 완전히 어둠에 잠겨 있었다.

"히오 이모!"

목소리의 주인을 향해 손을 흔들며 달려가는 히오의 입에서 새하얀 입김이 흘러나왔다가 흩어졌다. 어느새 가을빛이 완연한 계절이 되었다.

"추우니까 감기 안 걸리게 조심해."

히오가 유토를 걱정한다.

"난 괜찮아. 내가 엄마를 지켜줄 거야."

유토가 장갑 낀 두 손을 미즈호의 귀에 갖다 댄다. 히오가 씩씩한 그 모습을 보고 풋, 하고 웃음을 터뜨리자 자전거 핸들을 잡고 있던 미즈호가 "요즘 정의의 사도에 빠졌어요" 하며 머쓱하게 웃었다.

"효과가 있었나 봐요."

자전거 뒷자리에 앉아 어린이집에서 배운 노래를 흥얼거리는 유토의 귀에는 그 말이 들리지 않았으리라. 힘이 넘치는 미즈호를 보니 일과 육아의 균형을 차차 잡아가고 있음을 알 수 있었다. 히오는 열정적인 미즈호에게 동경의 시선을 보내다가 귓속말을 속삭였다.

"답답할 때마다. 한 번씩 가출하세요."

✤

차디찬 바람이 가지를 흔들어서 몸을 웅크리고 있자니 누가 내 발치를 따뜻하게 감싸주는 느낌이 들었다. 그 느낌을 따라 시선을 내리자 히오가 대나무 빗자루로 낙엽을 쓸어 밑동 쪽으로 모으고 있었다.

"낙엽이 많이 쌓였군요."

그 소리에 히오가 고개를 돌리자 개를 데리고 산책 나온 노인이 빙그레 웃으며 서 있었다.

"안녕하세요."

히오의 출근 시간과 노인의 산책 시간은 엇갈린다. 내게는 그들이 친숙하지만 히오에게는 낯선 얼굴이다. 노인이 살갑게 말을 걸어오자 히오는 처음 보는 사람의 인사에 조금 당황했는지 주뼛주뼛 인사를 건넸다. 겨울이 가까워지면서 털이 복슬복슬해진 시바견이 히오의 냄새를 맡다가 이 사람은 안전하다고 판단했는지 꼬리를 힘차게 흔들었다.

"어머, 애 좀 봐."

자신을 잘 따르는 개를 보고 기분 좋지 않을 사람이 과연 있을까. 시바견이 꼬리를 흔들며 호감을 표시하자 히오 얼굴에 저절로 미소가 그려졌다.

"이 녀석아, 아가씨 귀찮게 하면 안 돼."

노인이 순하게 타이른다.

"아침에 산책할 때마다 이 길을 지나갑니다."

히오는 낙엽 청소가 예상보다 시간을 많이 잡아먹는다는 것을 알고서 오늘은 평소보다 세 시간이나 일찍 집을 나왔다. 개가 자그마한 코를 킁킁거리며 낙엽을 밟았고 그럴 때마다 마른 잎이 바삭바삭 경쾌한 소리를 내며 바스러졌다. 신나게 낙엽을 밟아내는 개를 흐뭇하게 바라보는 노인을 향해 히오가 입김을 하얗게 내뿜으며 말했다.

"할머니 대부터 낙엽은 이렇게 나무 밑동 쪽으로 모으고 있어요."

히오의 외할머니 야에도 이렇게 낙엽을 모았었지, 하며 나는 젊은 시절의 기억을 더듬었다.

"낙엽 밑에는 벌레가 숨어 있어."

야에는 그렇게 말을 꺼내며 어린 사쿠라코에게 가르쳐주었다. 사쿠라코가 조심조심 낙엽을 뒤집자 지렁이와 공벌레가 나왔는데 말괄량이였던 사쿠라코는 무서워하기는커녕 연신 까르르 웃으면서 벌레에게 장난을 치고는 했다.

"겨우내 벌레에게 집도 돼주고 먹이도 돼준단다."

내 몸에서 떨어진 나뭇잎이 귀한 존재가 된 것 같아 어깨에 힘이 들어갔다.

"낙엽은 땅을 기름지게 만들어."

낙엽은 거름이 되고 낙엽에서 양분을 얻은 흙에서는 새로운 꽃과 나무가 태어난다.

"빙글빙글 돌고 도는 거야."

야에는 그렇게 말하면서 딸에게 가르쳤다. 잎은 새싹을 지키는 역할이 끝나면 떨어지고 떨어진 잎은 나무를 성장시키는 거름이 된다. 늙어버린 내가 젊은 그들에게 전해줄 말이 남아 있을까. 아직은 견딜 만한 추위가 남은 시간이 얼마 없다고 알려준다. 초겨울의 찬바람이 휘익 불자 히오가 애써 모아놓은 낙엽이 공중으로 날아올랐다. 잠시 가만히 있던 개가 다시 뛰어오르며 여행을 떠나는 낙엽을 열심히 뒤쫓는다.

❉

카운터 위에는 짙은 분홍색 꽃망울이 달린 애기동백이 놓여 있다. 미야코가 떨어진 이파리를 한군데로 모으며, 애기동백은 동백과 비슷하게 생겼지만 꽃이 떨어지는 모습이 전혀 다르다고 설명한다.

"동백은 꽃이 통째로 떨어져."

동백은 꽃이 지는 시기가 찾아오면 꽃송이째 떨어진

다. 옛날 무사들은 꽃목이 뚝 떨어져서 불길하다며 싫어했다고 한다.

"근데 애기동백은 달라."

같은 동백과 식물이지만, 하고 전제를 깔고 나서 말을 이었다.

"꽃잎이 붙어 있는 방식이 달라서 한 장씩 따로따로 떨어져."

"그럼 떨어질 때가 포인트겠네요."

히오는 수업을 받는 학생처럼 대답한 다음 "오늘은 워크숍이 있는 날이죠? 바쁜데 와줘서 고마워요" 하고 인사했다. 조금 있으면 소에다 모녀가 만든 과자가 도착한다. 과자를 보여주지 못해 아쉽다고 하자 미야코가 빙긋 웃으며 입을 연다.

"매번 참가하는 열성적인 사람이 있거든. 기대에 부응하고 싶어서 커리큘럼을 어떻게 짜야 할지 고민하느라 머리가 아파" 하며 익살맞게 어깨를 으쓱했다. 오늘 수업에서는 단풍나무를 모아 미니 분재를 만든다고 한다.

"정성껏 다듬어서 심으면 꽤 오랫동안 즐길 수 있는 분재거든. 진짜 단풍도 들고."

부지런히 보살피긴 해야 하지만 오래 곁에 두고 즐기

려면 제대로 가르쳐주고 싶다며 사소한 부분도 소홀히 넘기지 않는다.

"직접 골라서 심으면 애착이 생길 테니까 정성을 다해 보살피지 않을까요?"

이전에 미야코가 꽃의 기분을 안다고 했던 게 기억났다. 식물을 소중히 대하는 미야코의 태도는 분명 참가자들에게도 감동을 줄 것이다.

"맞아. 그때뿐인 꽃꽂이도 좋지만 오래 키울 수 있는 분재도 좋아."

"집 안에서 단풍을 감상할 수 있다니 정말 멋져요."

부러워하는 히오를 보고 참가자들이 기뻐하는 모습이 떠올랐는지 미야코가 고개를 크게 끄덕였다.

"가나 씨 작업실도 완성될 때 되지 않았어요?"

얼마 전에 가나가 사용하는 발재봉틀을 놓을 수 있도록 마룻바닥을 수리해야 한다는 말을 들었다. 별생각 없이 물었는데 그때까지 밝기만 하던 얼굴에 갑자기 그늘이 지더니 미야코가 떠듬거리며 대답했다.

"공사는 벌써 끝났는데. 가나 씨가 바쁜가 봐."

될 대로 되라는 말투가 미야코답지 않았다. 그대로 고개를 숙인 채 이만 가보겠다는 말을 남기고 허둥지둥 가게 밖으로 나가버렸다.

✽

 약속한 대로 11시 30분에 딱 맞춰 화과자 가게의 딸 고코가 현관 앞에 모습을 드러냈다.
 "주문하신 과자 가져왔습니다. 주문해주셔서 감사합니다."
 자세가 반듯한 모습은 오늘도 아름다웠고 밀크티 색깔을 닮은 머리카락도 깊어가는 가을 속에서 화사하게 반짝거렸다.
 히오는 고코가 건넨 흰색 종이 상자를 열었다.
 "와, 예뻐요."
 히오는 천진하게 환호성을 내질렀다.
 뭉뚱그려서 국화 과자라고 통칭하지만 사실 가지각색이다. 본래 국화꽃은 종류가 다양하다. 모양과 크기와 인상도 제각각이다. 그 꽃들을 어떻게 과자로 표현할 것인가. 그것은 상상을 초월하는 작업이다. 고코가 가져온 과자는 한입 크기의 고급 생과자로 붉은색과 노란색과 갈색이 적절히 섞여 있다. 자세히 보니 삼각봉으로 만든 꽃잎도 모양이 다 달라서 똑같이 생긴 게 하나도 없다.

"갖가지 국화가 피어 있는 모습을 표현했어요."

히오는 마치 국화꽃 꽃다발 같다며 황홀한 표정을 지었다.

"실은 한 가지 의미가 더 있어요."

고코가 잠깐 머뭇거리다가 말을 이었다.

"국화이기도 하고 벚나무이기도 하거든요."

"벚나무요?"

그 말을 듣고 상자를 다시 들여다봤지만 벚꽃을 닮은 연분홍색 과자는 보이지 않았다.

"늦가을의 벚나무, 그러니까 지금처럼 단풍이 든 벚나무예요. 그 빛깔을 떠올리면서 만들었어요."

그러고 보니 과자 상자 안에 단풍이 든 내 잎처럼 생기가 없어 보이는 적갈색 과자가 끼어 있었다.

"세상에! 그렇게 세세한 부분까지 생각하고 만드셨네요."

히오가 감동하자 아니에요, 하며 겸손한 미소를 짓다가 "좋아하셔서 다행입니다" 하고 덧붙였다. 고코는 똑 소리가 날 정도로 예의 바르게 인사하고 나서 가게를 뒤로했다. 돌아가는 길에 나를 올려다보는 고코의 입술 사이로 큰 나무는 못 이기겠다는 말이 새어 나온 것 같았지만 아니었을 수도 있다.

❃

그 무렵 키가 큰 여자아이 하나가 카페 체리 블라썸 앞을 자꾸 서성거렸다. 땡그란 눈이 인상적인 그 아이는 현관 앞까지 왔다가 다시 돌아가기를 되풀이했다. 수업을 마치고 온 중학생일까. 손님이 출입하는 인기척이 느껴질 때마다 허둥지둥 건물 한쪽으로 몸을 숨겼다. 드디어 안에 들어가기로 결심을 굳히고 문에 손을 갖다 대나 싶었더니 손잡이는 당기지 않고 어깨를 늘어뜨린 채 등을 돌렸다.

❃

히오는 슬슬 문을 닫으려고 바깥을 살피러 나갔다. 아직 저녁밥 먹을 때도 안 됐는데 어둠이 세상을 감싸고 있었다. 그 어둠을 뚫고 누군가 나타난 순간 히오는 소스라치게 놀랐다.

"아, 미야코 씨."

익숙한 얼굴을 확인하고 안도하며 묻는다.

"뭐 놓고 갔어요?"

오늘 아침에 미야코가 장식한 애기동백은 아직 봉오리를 벌릴 기미를 보이지 않는다.

"미안. 문 닫을 시간이지?" 하며 말을 버벅거리다가 "오늘 화과자 가게에 주문한 과자가 도착한다고 했었잖아. 나도 먹어보고 싶어서 왔는데"라며 빠르게 말을 쏟아냈다.

"안 그래도 문 닫을 생각이었는데 마침 잘됐네요. 저도 차 마시고 싶었거든요, 같이 드실래요?"

평소와 달리 기운이 없는 미야코가 살짝 마음에 걸렸다. 히오는 미야코를 카페 안에 들이고 밖에 내놨던 간판을 거두고 현관 외등을 껐다.

"이러면 이제 아무도 안 오겠지."

일부러 소리 내어 말한 까닭은 미야코가 마음 편히 쉴 수 있게 해주고 싶었기 때문이다.

"미안해. 문 닫을 시간에 들이닥쳐서."

미야코가 얼굴을 붉히며 "상의할 일이 있어서 왔어" 하면서 운을 떼운다. 히오는 주방 테이블을 정리하고 빠르게 차를 준비했다. "어머, 예뻐라." 미야코는 소에다 모녀가 만든 과자를 손에 들고 환한 웃음을 보이고 나서 천천히 본론을 꺼냈다.

"오늘, 워크숍이 있다고 했잖아. 매번 참가하던 그 사람이 오늘노 왔서든."

미니 분재 만들기에 참가한 사람은 전부 여덟 명이었다고 한다. 매번 빠짐없이 참가하는 리더 격 수강생이 있다는 말은 이미 들었다.

"즐겁게 분재를 만들고 나서 다 같이 차를 마셨어."

머리를 식히고 담소도 나눌 겸 수업이 끝나고 나면 항상 커피를 대접한다고 한다.

"그랬더니 그 사람이 말이야, 느릿느릿 팸플릿을 나눠 주는 거야."

생명보험 안내 책자였다.

"나도 놀랐고 다른 참가자들도 눈이 휘둥그레지더라."

결국 영업하러 왔던 거였어, 하며 어이가 없는지 고개를 절레절레 흔들었다.

"난 내 수업이 마음에 들어서 안 빠지고 오는 줄 알았거든. 그래서 더 충격적이었어."

미야코가 느꼈을 허무가 내게도 전해졌다.

"그렇지만 주최자가 멍하니 보고만 있으면 안 되잖아. 이러지 말라고 주의를 주고 팸플릿도 회수했어."

분위기가 깨졌지만 그래도 후회는 하지 않는다면서 말을 이었다.

"그 사람도 죄송하다고 그러고 돌아갔으니까 마무리된 일이지만. 속이 상해서 참을 수가 있어야지. 체리 블라썸에서 맛있는 차와 과자를 먹고 싶다…… 그래서 무작정 왔어."

고개를 숙이고 머리를 긁적이는 모습은 내가 아는 똑 부러지는 미야코가 아니라 여린 소녀처럼 보였다. 감정이 북받쳐 오르는지 눈가에 눈물이 맺혔다.

"여러 사람을 상대하다 보면 온갖 일이 다 있잖아요. 저도 이번에 과자를 주문한 화과자 가게 모녀를 처음 봤을 때는 수상한 물건을 팔러 온 게 아닌가 싶어서 경계했거든요."

물론 자기 가게를 홍보하러 온 건 맞지만 결과적으로는 좋은 만남이었다고 말을 덧붙였다.

"사람을 쉽게 못 믿겠어. 물론 의심만 하면 발전도 없겠지만 덮어놓고 믿었다가 어이없는 꼴을 당하면 너무 힘들어……."

오늘 아침에 미야코가 될 대로 되라는 투로 말하던 게 생각났다. 혹시 가게 2층을 작업실로 쓰겠다고 했던 가나와도 사이가 틀어진 건 아닐까. 일이 잘 풀릴 때도 있고 그렇지 않을 때도 있다. 당연한 소리라고 할 수 있지만 그렇게 경험을 쌓아가면서 적응하는 것 말고는 달리 방법이 없다.

국화꽃 하나만 봐도 그렇다. 대국, 중국, 소국, 크기 하나로도 이렇게 여러 가지로 나뉘고 개량이 거듭되면서 품종도 늘었다. 들에 피는 들국화와 바닷가에서 자라는 해국 등 생육하는 장소도 광범위하다. 종이 다르지만 국화꽃과 닮았다는 이유만으로 국화라는 이름이 붙은 추명국도 있다. 환경에 따라 품종이 다양해진 국화처럼 무엇을 선택하느냐가 그 사람의 세계를 결정한다. 선택해서 안 되는 것은 아무것도 없다.

예로부터 국화는 불로장생을 불러오는 약초로 통했다. 국화꽃에 맺힌 이슬을 마시면 장수한다는 전설도 있다. 장수를 기원하며 국화꽃 봉오리에 솜을 씌우는 모습이 내 뇌리에 맴돌았다. 더 오래 살고 싶은 마음은 없다. 다만 목숨이 붙어 있는 한 하루하루를 만끽하면서 이 자리에 계속 머물 수 있게 해달라고 기도했다. 날붙이가 내 몸을 벨 날이 다가오고 있다는 것도 모른 채 날이 완전히 저문 마당에서 히오와 미야코의 대화에 귀를 기울였다.

4장

모두 쉬어가는 계절

 시바견이 황토색 꼬리를 휙휙 흔들며 발치에 떨어져 있던 나뭇조각을 입에 물고 신나게 뛰놀고 있다. 노인은 곱은 손을 맞비비며 이리저리 뛰어다니는 개를 가만히 지켜본다. 그러다가 천천히 눈을 들어 나를 올려다보았다.
 "오랜 세월, 수고했다."
 어렴풋이 그런 목소리가 들린 것 같았다.

 겨울철이 되면 수목은 휴면을 시작한다. 나도 다른 나무들처럼 눈을 꾹 감고 봄을 기다린다. 가지에 달린 꽃눈은 두꺼운 비늘에 덮여 있다. 이 비늘이 추운 겨울 동안 꽃눈을 보호해준다. 휴면하는 동안에는 생육이 정지된 듯 보이지만 실제로는 이렇게 엄숙하게 다시 올 봄을 기다리며 재생을 준비하고 있다.

❖

어젯밤까지 내리던 비가 그치고 오늘 아침에는 하늘이 맑게 갰다. 히오가 잎이 없는 내 가지를 빤히 쳐다보았다.

"꽃이 핀 것 같아."

나는 내 귀를 의심했다. 히오는 쪽문 너머에 나타난 미야코를 마당으로 불러 한 번 더 말했다.

"꼭 꽃이 핀 것처럼 보이죠?"

"그러게. 예쁘다."

미야코까지 그렇게 말하면서 눈을 가늘게 뜬다.

"비가 멋진 장면을 연출했네."

거기까지 듣고 나서야 고개가 끄덕여졌다. 가지에 매달린 물방울이 아침 햇살을 받아 반짝거리고 있었다. 그 모습이 벚꽃이 핀 것처럼 보인다는 말이었다.

"진짜 벚꽃 같다"라고 중얼거리던 미야코가 "이 나무

는 매화를 닮았다는 뜻으로 우메모도키(우리나라에서는 낙상홍이라고 부른다-옮긴이)라고 해" 하며 손에 들고 있던 꽃 꾸러미를 히오에게 보여준다.

"매화?"

붉은 열매가 기지개 켜어질 정도로 소담히 달려 있다. 그 모습이 내 가지를 덮고 있는 물방울과 비슷한 정취를 자아냈지만 솔직히 매화와의 공통점은 보이지 않았다.

"잎 모양이 매화 잎을 닮았다고 그런 이름이 붙었는데 안타깝게도 별로 안 닮았어."

미야코가 쓴웃음을 짓는다.

"그럼, 혹시 꽃이 닮은 거예요?"

히오의 물음에 미야코가 고개를 가로젓는다. 매화를 닮았다는 이름과 달리 꽃도 잎도 매화와 거리가 먼 듯하다.

"게다가 매화는 잎보다 꽃이 먼저 피기 때문에 매화 잎은 딱히 인상에 남지도 않거든. 그걸 닮았다고 한들 무슨 의미가 있겠어?"

미야코의 손에 들린 가지는 열매와 함께 짙은 녹색 잎사귀도 풍성히 매달고 있었다. 아무리 봐도 매화와는 닮지 않았다. 그렇지만 오래전에 중국에서 건너온 매화라는 친숙한 이름을 붙이고 싶었던 마음도 이해 못 하는 바는 아니다. 한바탕 이어지던 꽃 이야기가 끝나자 히오가 다시 내게로 눈길을 돌리고 손으로 가지 끝을 쓰다듬었다.

"저기, 미야코 씨. 이거 어떻게 보여요?"

뭔가 이해하기 어려운 대화를 이어나가는가 싶더니 이윽고 미야코가 "그럼 요시이 씨한테 부탁해볼게" 하며 내가 모르는 이름을 입에 올렸다.

"고맙습니다. 아무래도 걱정이 돼서요."

대화를 마치고 히오가 안타까운 눈빛으로 나를 올려다보았다.

나무도 수명이 정해져 있다는 건 나도 안다. 100년 넘게 이 자리에 뿌리를 내리고 살아온 내게도 머지않아 그날이 찾아오리라는 건 어렴풋이 짐작은 하고 있었다. 그랬기에 귀를 막고서 두 사람의 대화가 들리지 않는 시늉을 했다. 잎이 모조리 떨어진 내가 몹시 추워 보였을 테지. 내가 할 수 있는 일이라곤 물방울을 꽃처럼 보이게 하는 게 고작이었다. 가련한 고목은 곧 잘릴 운명에 놓인다. 몸을 부르르 떤 까닭은 쓸쓸해서일까, 추워서일까. 노화는 아무도 막을 수가 없다. 그건 자연의 섭리니까.

나는 곧 다가올 그날을 꽃도 잎도 없는 상태로 꼼짝하

지 않고 기다렸다. 그렇지만 내 가지에는 내년에 피어날 꽃눈과 잎눈이 달려 있다. 목청껏 소리쳐봐도 내 목소리는 아무에게도 들리지 않는다.

"그나저나 오늘은 날씨가 좋네. 일기예보에서 오후부터 기온도 올라간다던데."

내 쓸쓸한 기분을 달래주려는 듯이 미야코가 밝은 목소리로 말했다.

"진짜 고하루비요리네요."

히오가 기분을 전환하고 싶은지 기지개를 크게 켰다.

봄날처럼 따뜻한 초겨울 날씨를 고하루비요리小春日和라고 한다. 봄이라는 글자가 들어가지만 엄연하게 겨울을 표현하는 계절어다. 겨울의 끝에 봄이 있음을 생각하게 하는 아름다운 표현. 한편 본격적으로 추워지고 나면 포근한 겨울날을 뜻하는 후유비요리冬日和라는 말을 쓰는데 이 또한 마음을 따뜻하게 만드는 계절어다.

매화를 닮지 않았는데 매화를 닮은 꽃이라고 부른다. 봄이 아닌데 봄날을 생각한다. 가슴에 품은 기대가 말로 나타난다. 100살이나 먹은 나는 지금 어떤 기대를 품어야 할까. 나는 열심히 머리를 굴렸다.

✿

"난 그만 가볼게."

어느새 카페 오픈 시간이 지나 있었다. 미야코는 서둘러 나가다가 하마터면 가게 옆에 서 있던 사람과 부딪칠 뻔했다. 얼굴을 들고 보니 교복을 입은 학생이 어색하게 고개를 숙이고 있었다.

"어머, 미안. 카페 문 열렸어."

미야코는 스스럼없이 말하고 나서 가게 안에 대고 소리쳤다.

"히오 씨, 손님 오셨어."

몇 주 전에 가게 앞을 서성이며 들어갈지 말지 망설이던 학생이다. 가게 주인에게 알려지고 말았으니 들어가는 수밖에 없다. 여학생은 우물쭈물하다가 "안녕하세요" 하면서 가게 안에 발을 들였다.

내 잎은 모조리 떨어졌지만 길가의 은행나무는 지금도 찬란한 황금빛 노란색을 자랑하는지 손님들은 번번이 그 이야기를 입에 올렸다. 범부채 방에 들어가 어색한 듯 허공을 두리번거리던 여학생도 "역 앞에 노란 은행나무가 정말 예쁘지?"하며 히오가 싹싹하게 말을 붙이자 그제야 긴장을 풀었다.

"중학생이니?"하고 물으니 중학교 1학년이라고 대답한다.

"어제 집 근처 공원에서 스케치했어요."

주뼛거리며 가방에서 스케치북을 꺼냈다. 스케치북을 몇 장 넘겨 은행나무 가로수가 그려진 페이지를 히오에게 보여준다. 히오가 솜씨가 좋다며 칭찬했지만 전혀 아니라며 힘없이 고개를 떨군다.

"동아리에는 천재만 있어요. 나처럼 평범한 사람은 상대도 안 돼요."

그림 그리는 걸 좋아해서 나중에 미대에 진학하고 싶다는 그 학생은 중학생이 되어 미술부에 들어갔는데, 미술을 전공하기 위해 학원에 다니는 애들도 있고 자기와는 하늘과 땅 차이라며 한숨을 푹 쉰다.

"그림을 좋아하는 마음만으로는 어림없어요. 뭘 믿고 그렇게 의기양양했었는지 모르겠어요."

남과 비교하니까 자꾸 움츠러든다, 선배에게 야단만 맞다 보니 하루하루가 너무 힘들다, 그렇게 히오에게 하소연하는 아이의 얼굴에 그림자가 드리웠다.

"좋아했던 그림이 싫어질까 봐 무서워요."

"그렇지만 이렇게 스케치도 하러 다니잖아. 아직 중학생이라며? 포기하기엔 너무 이른 거 같은데?"

히오는 섣부른 격려는 생략하고 대화를 이어나갔다.

"내가 그린 은행나무는 하나도 안 예뻐요."

여학생은 그렇게 중얼거리고 나서 탁 소리 나게 스케치북을 덮었다.

"뭐든지 마음먹기 나름이야."

"너무 안달복달하지 마."

"목표를 너무 높게 세워놓고 너 자신을 몰아붙이지 마."

"넌 너고 남은 남이야."

말로 위로하기는 쉽다. 행동으로 옮기기가 얼마나 어려운지는 생각하지 않고 한마디 쉽게 내뱉으며 타인을 위로하지는 않았는지. 자신의 고통은 자신만 알 수 있다. 그러므로 스스로 해결할 수밖에 없다. 차갑게 들리겠지만 그게 가장 빠른 지름길이라고 나는 생각한다.

내 문제도 그런 식으로 돌아보았다. 하지만 내 마음은 조금도 개운해지지 않았다. 머리로는 이해하고 스스로를

타일러보기도 했지만 가슴 밑바닥에는 갈 곳을 잃은 진심이 똬리를 틀고 있다. 쓸쓸하다는 마음의 소리만 끝없이 메아리쳤다.

❖

《북풍과 태양》이라는 우화에서 나그네는 힘센 북풍이 몰아치면 몸을 웅크리고 코트 깃을 꽁꽁 여민다. 햇볕이 내리쬐면 움츠렸던 어깨를 활짝 펴고 코트를 벗는다. 하지만 지금은 한겨울인지라 여름의 뜨거운 태양을 기대할 수도 없다. 코트가 벗겨지지 않게끔 몸을 숙이고 바람이 가라앉을 때까지 참고 기다릴 수밖에 없다. 북풍과 맞서야 했던 나그네처럼 나는 정면에서 불어오는 매서운 바람을 맞으며 눈을 감았다. 근처에서 히오와 나이 든 낯선 남자의 말소리가 들려와서 귀를 막았다.

"상당히 오래된 나무군요."

"네, 가지도 바짝 말라버렸고. 내년 봄에 꽃이 필지 걱정도 되고 그래서요."

"그렇겠네요."

"잘 부탁드립니다. 미야코 씨에게 말씀 많이 들었어

요."

 단편적으로 들려오는 말소리가 바람 소리에 섞여 지워지면 좋겠다고 생각하면서 또다시 눈을 꼭 감았다.

❀

 문이 열리는 소리가 나자 히오는 손님을 맞이하기 위해 현관으로 갔다. 황홀한 표정으로 "향기 좋다" 하고 중얼거리는 엘라와 옆에 선 오쿠노가 히오를 기다리고 있었다.

 히오가 부부를 안으로 안내하며 말을 붙였다.

 "오늘은 비가 안 오네요."

 "비는 안 오지만 눈이 올지도 모릅니다."

 오쿠노가 창밖으로 시선을 던지며 대답했다.

 "비가 아니라 눈을 몰고 다니는 남자구나."

 엘라가 노래하듯 리듬을 살려 말하면서 남편의 어깨를 톡톡 두드렸다.

 "다실에 둘이 들어가도 됩니까?"

 삼잎 방은 면적이 좁다.

 "리큐가 만든 다실은 겨우 한 평이었다잖아, 그 방에

비하면 대궐인데?"

엘라가 이내 센노 리큐(일본 다도를 정립한 인물-옮긴이)가 고안한 다실, 즉 다이안을 입에 올렸다. 미닫이문을 열자 도코노마에 놓인 꽃이 좁다란 방 안에 진한 향기를 뿌리고 있었다.

"현관에 있던 거랑 같은 꽃이네요."

엘라가 흐읍 하고 숨을 들이마신다. 조명이 없는 도코노마 위에서 노란색 꽃이 수줍게 빛을 내뿜고 있다.

"납매군요."

오쿠노가 꽃 이름을 말하자 "이제 잘 아네?" 하고 엘라가 웃는다.

"당신 덕이야."

오쿠노가 온화한 미소로 답한다. 1층 주방에서 히오가 말차와 함께 들고 온 과자는 흑양갱이다. 새까맣고 반들반들한 양갱이 어두컴컴한 방에서 윤기를 뿜냈다. 이 방에는 하나부터 열까지 죄다 진하게 응축되어 있다.

"괜찮으면 히오 씨도 잠깐 같이 있어주시겠습니까?"

오쿠노가 그렇게 제안했다. 엘라까지 "조금만 있다가 가세요"라고 하자 거절할 이유를 찾을 수 없었다. 부부 둘만의 다정한 시간을 방해하고 싶지 않았지만 자신 같은 타인이 함께 있음으로 분위기가 새롭게 부드러워질지도 모른다는 생각이 들었다. 꽉 닫힌 창문 너머에서 바람 소리가 흘러 들어왔다. 히오는 두 사람이 과자를 먹고 차를 마시는 모습을 바라보며 그렇구나, 지금 나는 손님을 접대하면서 동시에 내 마음도 가다듬고 있구나, 하고 받아들였다.

"어떠세요?"

카페 주인답게 차와 과자의 맛을 묻는다.

"맛이 아주 고급스러워요."

그 말에 히오는 가슴이 뭉클해졌다.

"감사합니다."

반사적으로 그렇게 대답하자 엘라가 "좋은 시간을 보낼 수 있어서 우리가 더 고맙습니다"라고 말을 받았다.

"난 이 나라가 정말 좋아요. 문화도 마음에 들고 사람들도 마음에 들고. 물론 이따금 옛날을 그리워하면서 향수병에 시달릴 때도 있지만, 지금은 이 사람이 태어난 나라가 내게는 소중한 안식처예요."

차도 과자도 무척 맛있다면서 함박웃음을 머금는다.

"참, 지난번 혼자 왔던 날에 벚나무 껍질로 만든 쟁반을 내오셨잖아요."

오쿠노가 조용조용 입술 사이로 말을 밀어냈다.

"네."

"벚나무 껍질은 가로로는 쉽게 갈라지지만 세로로는 강하다더군요."

그 뒤에 관심이 생겨서 좀 찾아봤다고 한다. 그러한 성질 때문에 가늘게 자른 벚나무 껍질은 목공품을 묶는 끈으로 쓰인다.

벚나무 껍질을 사용한 공예품을 만들 때는 나와 같은 산벚나무 껍질을 쓴다. 얇게 가공해서 식기나 차통을 만들면 나무껍질 본연의 광택과 색상이 고스란히 살아 있다. 각자의 정체성과 유대감이 두 사람을 새로운 단계로 데리고 간다. 그런 성장은 켜켜이 시간을 쌓은 후에야 손에 넣을 수 있다.

"벚나무 껍질은 염료로도 쓰여요. 앞으로 우리 둘이 어떤 색을 자아내게 될까? 이 나이에도 몹시 기대돼요."

엘라는 그렇게 말하면서 숨이 넘어갈 것같이 웃었다.

벚꽃이 마지막까지 아름다운 건 만개한 상태에서 지기 때문이다. 생기를 잃고 녹슨 듯한 색깔이 되기 전에 꽃잎이 떨어진다. 늙고 쇠약해져서 숨을 거두는 것보다 꽃을 피울 힘이 남아 있을 때 생애를 마감하는 것도 아름답지 않을까. 비록 내 의지와는 반대라 할지라도 말이다.

✤

동지는 1년 중 낮이 가장 짧고 밤이 가장 길다. 동짓날에는 영양을 섭취하기 위해 단호박을 먹고 체온을 올리기 위해 유자를 띄운 목욕물에 몸을 담그는 풍습이 있다. 이런저런 설이 있지만 태양의 힘이 약해진 시기에 건강을 기원하는 의미인 듯하다.

나는 이날만 되면《쓰레즈레구사徒然草》(가마쿠라 시대 말기에 쓰인 일본의 3대 수필 중 하나-옮긴이)의 한 구절이 떠오른다.

'벚꽃이 가장 예쁠 때는 동지로부터 백오십 일째.'

그러니까 150일이 지나면 나도 꽃을 피울 수 있다.

그렇게 일조 시간이 가장 짧은 날, 가방 디자이너 가나가 카페 체리 블라썸을 찾아왔다. 현관 앞에 놓인 잎사귀 달린 유자는 미야코가 산에서 가져왔다. 미야코네 가게 2층을 가나의 작업실로 꾸미려던 계획은 아무래도 흐

지부지해진 듯하다. 자세한 사정은 모르지만 쉬운 결정 이면에 고려할 것들이 생각보다 무겁고 컸을 수 있다. 지금은 미야코도 가나에게 억지로 권하지 않는 눈치였다. 그런 사정 탓에 가나도 히오 얼굴 보기가 민망했던 걸까, 미야고와 함께 왔던 그날 이후 처음으로 이 카페에 발을 들였다.

"가봐야지, 가봐야지 하면서도 좀처럼 시간을 낼 수가 없어서 이렇게 오랜만에 왔어요."

오랜만에 왔다고 해서 핑계를 댈 필요는 없는데 무심결에 그런 말을 입에 담는다.

"바쁘시다는 얘기는 들었어요."

벚나무 방으로 들여보내고 나니 밖에는 벌써 어스름이 깔리고 있었다.

"실은 이번에 취재가 잡혔어요."

이어서 자연스러운 라이프스타일을 제안하는 유명한 잡지 이름을 입에 올렸다.

"대단하시네요."

히오가 우와, 하며 감탄사를 흘리자 가나도 입꼬리를 끌어올렸다. 작품은 물론이고 작업 풍경을 밀착 취재해서 만드는 과정도 상세히 담는다고 한다. 취재 규모가 커서

부담스럽지만 생각지도 못한 기회가 찾아와서 기쁘다며 솔직한 감정을 표현한다.

"그래서 히오 씨에게 긴히 부탁할 일이 있어요."

"제가 도와드릴 수 있는 일이 있을까요?"

카페 체리 블라썸에도 취재진이 찾아온 적이 있지만 어디까지나 여행이나 길거리 특집 기사로 소개되는 정도였다. 가게 외관 혹은 메뉴인 차와 과자 세트를 촬영하고 영업시간 등의 기본 정보를 곁들일 뿐이었다. 이번에 가나가 의뢰를 받은 밀착 취재와는 비할 바가 아니다.

"쉬는 시간에 취재진에게 과자를 대접하고 싶어서요."

음료는 가나가 따로 준비할 예정이라며 "히오 씨가 계절에 어울리는 과자를 골라주면 안심이 될 것 같아요"라고 한다.

"아아, 그런 일이라면."

저한테 맡겨주세요, 하고 흔쾌히 대답한다. 히오가 감각이 뛰어난 모녀가 운영하는 화과자 가게가 있는데 자기도 가끔 이용한다고 하자 "역시 용기 내서 오길 잘했네요" 하며 가슴을 쓸어내린다. 미야코와 가나, 두 사람 사이의 일은 자신과 상관없다. 끼어들 생각도 없다. 그러니 편하게 와도 되는데. 히오는 입 밖에 내지는 않고 속으로

만 그렇게 생각했다. 예산과 수량과 날짜 등을 메모하는 사이 히오는 괜히 가슴이 두근거렸다.

"잘됐다, 우리 가게 것도 그 김에 같이 주문해야지."

보리는 지금쯤 싹이 난다. 지난번에 미야코가 "보리의 계절은 다른 식물과 반대야"라고 했던 말이 기억났다. 보리는 대지가 얼어붙어 있을 때 남몰래 싹을 틔운다. 죽은 것처럼 보이는 다른 풀과 나무들도 실은 다시 돌아올 봄을 준비한다. 잎이 다 떨어진 나도 마찬가지다. 겨울에는 태양에서 영양분을 얻기가 쉽지 않다. 이 시기에는 여름 내내 모아둔 영양분이 도움이 된다. 바로 이때를 위해서 저장했으니까.

유자 모양의 노란 만주는 과자라고 말해주지 않으면 모를 정도로 진짜 유자와 똑같이 생겼다. 히오가 먹어보라고 권하자 가나는 한 조각을 입으로 옮기고 나서 "모양만 닮은 게 아니라 진짜 유자 향이 물씬 풍기는데요? 화과자는 작은 예술 작품 같아요" 하며 감탄한다. 오늘 아침에 직접 사 왔다는 말을 듣고 눈을 동그랗게 뜨기에 "계절에 어울리는 화과자 찾는 걸 좋아해요. 일이라는 생각을 떠나 재미있어서 남한테 맡길 수가 없어요." 하며 본심을 털어놓는다.

"뭔지 알 것 같아요. 저도 그렇거든요."

가나가 고개를 끄덕인다.

"디자인만 내가 하고 업체에 맡기면 훨씬 효율적으로 작업할 수 있다는 걸 알지만요. 그래도 처음부터 끝까지 내 손을 거치고 싶어요."

인터넷 쇼핑몰을 개설하고 주문을 받아달라는 사람도 많은 모양이다. 그런데도 가나는 직접 만나 얼굴을 보고 판매하는 방식을 고집하며 1년에 몇 번 개최하는 전시회 때만 주문 신청을 받고 제작한다.

"물론 인터넷으로 판매했을 때 장점이 많다는 건 알아요."

하지만 가나에게는 효율성보다 더 소중하게 지켜온 것이 있다. 똑같은 디자인의 가방이라도 사용하는 사람의 습관과 라이프스타일을 듣고 나서 손잡이의 길이와 굵기, 주머니의 위치 등을 세심하게 조절한다. 어떨 때는 자수 도안을 처음부터 다시 그리기도 한다. 히오는 직접 만나지 않으면 디테일하게 제작하지 못한다고 말하는 가나의 눈빛이 숙련된 장인과 닮았다고 생각했다.

"맞춤 제작 방식이군요."

"그 정도는 아니에요. 디자인은 몇 가지 패턴밖에 없고 천도 정해져 있긴 해요. 전시회 때는 사전에 준비한 작품도 판매하지만. 그래도 나 스스로는 '반맞춤'이라고 생각하고 있어요."

거기서 일단 말을 한 번 끊고 나서 다시 입을 열었다.

"단 한 사람만을 위한 작품이라고 생각하면서 만들거든요."

차분하면서도 단호한 말투였다.

"아, 하지만 제……."

히오는 가나가 만든 어깨끈이 달린 미니 파우치를 애용하고 있지만 가나에게 직접 사지는 않았다. 미야코에게 선물로 받았다. 히오가 어째서 말을 얼버무리는지 눈치챈 가나가 웃는다.

"선물 받은 가방이죠? 제 가방으로 선물을 주고받을 수 있다면 영광이죠."

"어떤 사람이 쓸지 몰라도요?"

확인하듯 묻는다.

"선물할 가방을 고를 때는 자기가 쓸 때보다 이것저것 더 따지게 되거든요. 상대방을 떠올리면서 어떤 상황에서 어떻게 사용할까. 어떤 디자인을 좋아할까. 그건 나와 직접 만나는 거나 매한가지예요. 손님이 선물 받을 사람을 충분히 고려한 후에 선택하니까요."

히오는 딱 잘라 말하는 가나의 표정을 보자 미야코가 파우치를 건네주던 순간이 되살아났다. 꽃꽂이를 마치고 가게를 나설 때였다. 생일도 아니고 기념일도 아닌 평범한 날이어서 왜지? 하고 어리둥절하게 쳐다보자 "이 파우치를 보니까 히오 씨 얼굴이 딱 떠오르지 뭐야. 쓰기도 편해 보이고 어쩐지 아늑한 이 카페 분위기와도 닮은 느낌이 들었어"라고 했다. 선물에는 주는 사람의 마음이 고스란히 담겨 있다. 심사숙고해서 고르고 전달하는 그 행위가 바로 선물이다.

"히오 씨가 손님을 접대하는 마음도 다르지 않을 거예요."

돌연 자기에게로 화제를 돌리자 히오가 화들짝 놀란다.

"손님을 생각하면서 차와 과자를 준비하잖아요. 오늘은 날씨가 추우니까 물 온도를 조금 높여야지, 먹기 편하도록 과자는 작은 접시에 담는 게 좋겠지, 하면서요."

히오는 과연 자신이 그런 부분까지 헤아리면서 고객 응대를 하고 있을까 하며 불안한 표정을 보였지만 괜찮다고, 잘하고 있다고, 그렇게 말해주고 싶었다. 내가 전부 보고 있었으니까. 우물쭈물하는 히오를 앞에 두고 가나가 잇따라 말한다.

"히오 씨는 어머니 뒤를 이어 이 가게 운영하는 거죠?"

"네. 이 건물은 할머니 대부터 있었고요. 외할머니는 호텔을, 엄마는 레스토랑을 운영했었어요. 이렇게 차와 과자를 제공하는 건 제가 맡은 뒤부터예요. 그래서 지금도 시행착오를……."

갑자기 자신감을 잃었는지 말을 얼버무리다가 다시 입을 열었다.

"아마도 이 건물에는 할머니 시절부터 이어져온 뿌리가 있지 않을까 생각해요."

"뿌리?"

가나가 물끄러미 바라보자 히오는 창밖으로 시선을 보냈다. 은은한 실내 불빛이 내 가지를 희미하게 비추고 있었다.

"저 벚나무가 우리를 쭉 지켜보고 있었거든요. 대지에 뿌리를 내리고서."

히오는 다시 가나를 쳐다보며 눈웃음을 지었다.

"취재 때는 가방을 만들게 된 일련의 과정도 물어볼 거라고 하더라고요. 나도 내 뿌리를 소중하게 여겨야겠어요."

나무는 뿌리가 튼튼해야 예쁘고 건강한 꽃을 피운다. 가을에 떨어뜨린 나뭇잎이 토양을 비옥하게 만들어주었다. 그렇지만 내게는 축 처진 가지를 들어 올릴 힘이 남아 있지 않다. 그래서 염치가 없다. 동짓날 밤이 깊었다. 내일부터는 우울한 내 기분도 조금씩 회복되기를.

♣

새해 인사로 '신춘'이나 '맹춘'이라는 말을 자주 쓰는 탓에 봄이 가까이 왔다고 착각하기 쉽지만 사실은 지금부터 동장군이 본격적으로 기승을 부리기 시작한다. 곧 봄이 온다고 생각하면서 혹독한 겨울을 극복하자는 바람과 배려가 그 말속에 깃들어 있다. 연말연시 연휴를 마치고 카페 체리 블라썸도 영업을 재개했다. 미야코가 새해 느낌이 나게끔 현관 앞을 꾸며주었다.

"이건 죽절초예요?"

히오가 새빨간 열매를 가리키며 묻자 미야코가 고개를 젓는다.

"죽절초는 이쪽이야. 이건 백량금. 그 안쪽은 남천."

차례차례 식물의 이름을 입에 올렸지만 솔직히 구분하기가 쉽지 않았다. 셋 다 똑같이 빨간색 열매가 달려 있었으니까.

"똑같아 보이시만 애초에 완전히 다른 식물이야."

미야코가 설명한다. 죽절초는 홀아비꽃대과, 백량금은 자금우과, 남천은 매자나무과, 여기까지는 기초 지식. 이어서 구분하는 방법을 알려주었다.

"열매가 달린 모습이 포인트야. 이 둘이 뭐가 다른지 알겠어?"

미야코가 난데없이 퀴즈를 냈다.

"으음."

난감해하는 히오에게 미야코가 도움의 손길을 내밀었다.

"잎과 열매를 잘 봐봐."

양쪽을 번갈아 보던 히오가 앗, 하고 감탄사를 터뜨렸다.

"이쪽은 열매가 잎사귀 위에 있고 이쪽은 열매가 잎사귀 밑에 있어요."

미야코가 정답! 하면서 손뼉을 짝짝 치더니 설명을 덧

붙이다.

"열매가 커다란 잎사귀 위에 열리는 게 죽절초고 자그마한 잎사귀 밑에 주렁주렁 열리는 건 백량금이야."

한편 남천은 잎이 붉고 열매가 송이를 이룬다.

"설명을 듣고 나서 보니까 완전히 다르네요."

히오가 방금 습득한 지식을 바탕으로 이건 죽절초, 이건 남천, 하며 척척 구분했다.

"맞아, 맞아, 정답."

가르치는 솜씨가 좋아서일까, 미야코가 순식간에 터득한 히오를 쳐다보며 만족스레 고개를 끄덕이고 있으려니 "안녕하세요" 하는 목소리와 함께 여자 두 명이 나타났다. 화과자 가게의 소에다 모녀다. 새해에 어울리게 어머니는 명주 기모노를 차려입고 딸은 베이지색 코트 아래로 연둣빛 치마를 받쳐 입었다.

"안녕하세요"라고 대답하자마자 "새해 복 많이 받으세요" 하고 새해 인사를 건넨다.

"미야코 씨는 처음 뵙죠?"

뒤에 있는 미야코를 돌아보며 서로를 소개한다. 가나 이야기를 해도 될지 망설이고 있자 미야코가 먼저 "가나 씨 취재가 오늘이지? 히오 씨한테 과자 부탁했다는 얘기는 들었어" 하고 말을 꺼냈다. 가나와 미야코의 관계가 틀어지지 않았다는 사실에 안도한다.

"확인 부탁드립니다. 가방을 만드시는 분이라는 이미지에 착안해서 하나비라모찌(달게 조린 우엉을 얹고 일본 된장과 흰색 앙금을 섞어 넣어서 만든 떡-옮긴이)를 만들었습니다."

하나비라모찌는 새해 첫 다회에서 먹는 화과자다. 궁중에서 신년 행사 때 먹던 음식에서 유래했다고 한다. 또한 설날 음식인 조니(일본식 떡국-옮긴이)를 본떠 떡 반죽에 일본 된장과 흰색 앙금을 넣었다는 설도 있다.

다회에서 내는 과자는 유파와 스승의 사상 등으로 인해 까다로운 규정과 제약이 많다. 하나비라모찌도 가게마다 만드는 방법과 모양이 천차만별이다. 신년을 맞이하고 처음 열리는 다회인 만큼 신경 써야 할 일이 한둘이 아니다. 그러나 카페 체리 블라썸에서는 정식 다회를 여는 것도 아니고, 가나도 휴식 시간에 먹을 거니까 격식은 따지지 않아도 된다고 미리 말해주었다. 가나의 창작 활동을 고려해 흔히 볼 수 있는 반달 모양에 얽매이지 말고 창의적으로 만들어주면 더 좋다는 말도 덧붙였다. 여느 때와 같은 흰색 종이 상자도 얇은 일본 종이로 포장하고 끈까지 두르자 한결 경사스러운 느낌을 풍긴다.

"예쁘네요."

미야코가 말했다. 히오도 "포장을 벗기기 아까워요" 하며 황송해한다. 상자를 카운터 위에 내려놓고서 뚜껑을 열자 자그마한 화과자가 질서 정연하게 놓여 있었다. 보통은 반달 모양으로 빚는데 이건 꽃 모양이었다. 다섯 장의 꽃잎이 중앙의 우엉을 향해 주름이 모여 있다. 연한 복숭앗빛이 투명하고 고상하다. 히오는 무의식적으로 탄성을 질렀다.

"정말 근사해요. 감사합니다."

히오의 반응을 보고 나니 이제야 마음이 놓이는지 지금까지 딱딱하게 굳어 있던 고코의 얼굴에 미소가 번졌다.

숨을 내쉬며 "다행이에요" 하고 말하자 어머니가 딸의 어깨에 살포시 손을 올렸다.

"이번에는 고코가 주도해서 만들었어요. 히오 씨가 부탁했다고 어찌나 의욕을 보이던지."

"가나 씨가 만든 가방에는 자연에 피어 있는 꽃을 모티브로 한 자수가 들어간다고 해서 이렇게 매화 모양으로 만들었어요."

"앙금에 관해서도 말씀드리지 그러니?"

어머니가 재촉하자 고코가 말을 이었다.

"속에 일본 된장과 흰 앙금이 들어 있는데요, 보통 다회에 내는 과자는 소를 부드럽게 만들어요."

식감을 중시하기 때문이다.

"그런데 그러면 소가 뭉개져서 먹기가 불편해요."

그러면서 이번에는 속에 넣은 소를 약간 단단하게 만들었단다.

"손님들이 대화하면서 편하게 먹을 수 있도록……."

온전히 대화에 집중하면서 편안히 쉬는 광경을 상상하며 만든 거잖아, 하며 어머니도 말을 얹는다. 스태프가 취재하면서 한 손에 들고 먹을 수 있도록 마음을 썼다는 것까지 알고 나니 가나가 말한 단 한 사람만을 위한 작품이 따로 없다며 감탄이 절로 나온다. 미야코가 "내가 가나 씨 집까지 갖다줄까? 어차피 가는 길이니까" 하고 나서자 히오가 그렇게 해주시면 감사하죠, 하며 기쁨을 감추지 못한다. 오후부터 취재여서 점심 무렵에 가지러 오겠다고 했지만 분명 준비하느라 바쁠 것이다. 히오는 영업시간 전에 자기가 갖다줄까 생각하던 참이었다.

가나는 자신을 생각하며 만든 맞춤 제작 과자는 물론이고 그 과자를 배달한 사람이 미야코라는 사실에 틀림없이 기뻐할 것이다.

"가나 씨도 좋아할 거예요."

히오는 소에다 모녀와 미야코에게 정중하게 감사 인사를 전했다.

새해라는 분위기 탓인지 그날은 다실을 선택하는 손님이 줄을 이었다. 당연히 말차를 주문하는 바람에 히오는 쉴 새 없이 찻솔을 저어야 했다(다회가 열리는 다실에서는 기본적으로 말차를 마신다-옮긴이) 하늘은 맑고 가게를 찾는 손님도 많고 특제 하나비라모찌도 인기였다. 히오가 기분 좋은 피로감을 느끼며 조금만 더 힘내자면서 뺨을 탁탁 두드리고 있을 때였다.

"바쁜데 찾아와서 미안해요."

가나가 얼굴을 내밀었다.

"어머? 과자 못 받았어요?"

시계가 오후 3시를 가리키고 있었다. 매화를 본뜬 하나비라모찌는 휴식 시간에 차와 같이 낸다고 들었다. 혹시 개수가 모자라나 싶어 히오가 남아 있는 과자 수를 떠올리고 있자니 가나가 웃으며 고개를 가로젓는다.

"과자는 오늘 아침에 미야코 씨한테 받았어요, 고마워

요. 과자가 너무 예뻐서 감동했어요."

감사 인사를 하러 왔다며 살며시 미소 짓는다.

"일부러 찾아오시다니 고맙습니다. 근데 아직 촬영 중이죠? 안 가봐도 돼요?"

촬영은 오후 2시부터라고 했다. 작업 광경까지 밀착해서 찍으려면 밤중에나 촬영이 끝날 거라고 예상했다.

"네."

입을 다물고 억지로 웃는다.

"벌써 끝났어요."

"예? 이렇게 일찍? 빨리 끝났네요."

한 시간 내에 촬영과 취재를 끝내다니 빨리도 끝났네, 생각하면서 히오가 갸웃한다.

"그게요."

입을 열자마자 가나의 두 눈에서 눈물방울이 뚝뚝 떨어졌다. 화들짝 놀란 히오는 현관 앞에 서 있던 가나를 안으로 들어오라고 불렀다. 2층으로 데려가려다가 아니다 싶어 걸음을 멈추고 "이쪽에 앉으세요" 하며 1층 주방 안쪽으로 들였다. 옆에 놓인 테이블을 권하자 가나는 고개를 푹 숙인 채로 걸터앉았다.

"경력이 많아 보이는 작가와 카메라맨 그리고 작가와

비슷한 또래로 보이는 편집자, 이렇게 총 세 명이 왔어요."

띄엄띄엄 말을 이었다.

"작품 몇 점을 카메라에 담고 난 다음에 도구를 꺼내서 보여줬더니 편집자가 흥미로워하더라고요. 재봉틀과 가위 같은 거였어요. 그런데 옆에서 자수 실을 늘어놓고 있길래 왜 그러지 싶어 궁금해하는 사이 순식간에 촬영이 끝났어요."

얼굴을 일그러뜨린 채 계속 말했다.

"작업 과정도 찍는다고 하지 않았어요?"

"도구 사진이 그럴싸해 보인다면서 그걸로 충분하다고 하더라고요. 인터뷰도 작품 설명만 짤막하게 하고 끝났어요."

이 일을 하게 된 이야기도 자세히 묻는다고 했던 것 같은데. 히오는 말을 아꼈다.

"세련된 잡지라서 사진으로 심플하게 임팩트를 준다나. 제가 어떤 마음으로 만들었는지는 전혀 관심 없더라고요."

그렇게 말하는 가나의 얼굴에 피로가 묻어 있었다.

"애써 준비해준 과자는 꺼내보지도 못했어요. 차라도

한잔하고 가라고 했더니 다음 일정이 있다고."

잡지 만드는 사람들은 제한된 시간 안에서 여러 가지 작업을 동시에 진행해야 한다. 그러니 앞 촬영이 예정보다 일찍 끝나면 바로 다음 취재 현장으로 가고 싶을 수밖에 없다. 일정이 빡빡해서 여유가 없다.

"가나 씨는 드셔보셨어요?"

히오의 물음에 가나가 쓸쓸히 고개를 저었다.

"괜찮으면 같이 드실래요? 실은 저도 아직 못 먹었거든요."

미리 맛볼 시간이 없었다고, 맛있게 먹는 손님들을 보면서 침을 꿀꺽 삼켜야 했노라고 히오가 말을 보탰다.

"손님도 계신데, 괜찮아요?"

가나가 목소리를 낮추고 소곤소곤 물었지만 지금 2층에 있는 손님들은 두 팀 모두 한창 이야기꽃을 피우느라 한동안 자리에서 일어날 성싶지 않다. 상자째 과자가 고스란히 남아 있다며 가나가 힘없이 고개를 떨구자 히오가 규히로 만든 과자는 냉동 보관이 가능하므로 집에 있는 과자는 천천히 먹으면 된다고 조언한다. 뜨거운 호지차가 가나의 얼어붙은 심신을 사르르 녹여준 걸까.

호지차를 한 모금 마신 가나가 "맛있네요" 하며 이제야 웃는 얼굴을 보여준다. 고소한 향기와 뜨거운 김이 주방을 감싼다.

"사소한 일에 우울해하고 일일이 상처받으면 안 되는데. 부끄러운 모습을 보였네요" 하며 또다시 고개를 떨군다.

"아니에요."

히오는 진지한 표정으로 고개를 양옆으로 흔들며 가나에게 과자를 권한다.

"손님께는 이쑤시개를 같이 냈지만 손으로 집어 먹는 게 더 편하겠죠?"

화과자 가게의 소에다 모녀도 그러기를 바라며 과자를 만들었다. 손으로 집자 하나비라모찌의 부드러운 감촉이 손끝에 전해지면서 기분도 저절로 풀린다. 살며시 깨물어 먹으니 매화꽃 한복판에 자리한 우엉의 단맛과 안에 든 소의 풍미가 입안에 가득 퍼진다. 흰색과 분홍색을 겹쳐서 만든 규히 반죽에서는 쫀득쫀득한 찰기가 느껴진다.

"행복한 맛이 나는데요."

가나가 감상을 말한다.

"하나하나 정성을 다해서 만들었대요."

오늘 아침 소에다 모녀가 해준 이야기를 그대로 전한

다음, "가나 씨도 그렇게 일하시잖아요. 가방을 써보니까 알겠어요." 하고 진심에서 우러나온 말을 건넨다.

"기분이 좋은데요. 히오 씨가 그렇게 말해주니까……."

가나가 뒷말을 이었다.

"오늘 취재하러 온 사람들은 내 작품이 귀엽다면서 칭찬을 퍼부었지만요, 안쪽 주머니를 찍기 위해 가방 입구를 거칠게 잡아당기고 사진이 잘 나와야 한다면서 어깨끈도 꽉 묶고 그랬어요."

함부로 다루는 모습을 보자 아끼는 작품이 소모되는 것 같은 느낌이 들었다고 한다.

"물론 독자들에게 생생하게 전달하려고 노력하는 것도 알고 더 예쁘게 찍어주려고 그러는 것도 아니까 고맙긴 해요."

그렇지만 자신의 의도와 다르게 취급하는 모습을 보니 당황스러웠으리라.

"미디어에 노출되면 홍보도 되고 매상도 는다, 그러니까 좋은 기회라고 받아들이자, 그렇게 마음먹었지만."

거기까지 말하고는 불쑥 한숨을 내쉰다. 차를 홀짝이고 나서 다시 말을 이었다.

"성장은 쉬운 일이 아니네요."

어린 벚나무는 최대한 빨리 자라고 싶은 마음에 사방팔방으로 가지를 뻗는다. 그러나 종류에 따라 차이는 있지만 어른 나무가 되려면 20년은 걸린다. 그 후에야 비로소 꽃을 맺을 수 있다. 나처럼 몸이 무거워서 옆으로 처지기 전까지는 위만 바라보면서 성장한다. 오랜 세월 동안 계절이 여러 번 바뀌는 것을 지켜보면서.

✤

다음 날 아침, 현관 앞에서 미야코의 목소리가 들리자 히오는 일손을 멈추지 않을 수 없었다. 카페의 꽃은 보통 2주에 한 번꼴로 교체한다. 바로 어제 신년 느낌을 살려 장식한 꽃은 오늘도 현관 앞에서 아름다운 자태를 뽐내고 있다.

"미야코 씨?"

히오가 고개를 갸웃거리며 주방에서 얼굴을 내밀자 미야코가 생긋 웃으며 손에 들고 있던 바구니를 내밀었다.

"오늘 꼭 주고 싶어서 갖고 왔어."

바구니에는 화초가 몇 가지 들어 있고 각각 이름을 적은 작은 푯말도 꽂혀 있다.

"나나쿠사(일곱 가지 나물이라는 뜻-옮긴이)예요?"

"맞아. 나나쿠사를 모아 심은 바구니야. 연초에 장식으로 쓰는 건데 액운을 없애준다고 하니까 괜찮으면 써."

오늘은 1월 7일, 인일人日이다. 인일에는 미나리, 냉이, 떡쑥, 별꽃, 광대나물, 순무, 무, 이렇게 일곱 가지 나물을 넣고 끓인 죽을 먹는 풍습이 있다. 카페 체리 블라썸과 잘 어울리겠다 싶어서 미야코가 연말에 미리 주문한 것이다.

"관상용이어서 맛은 나도 장담 못 하니까 나중에 알아서 판단해" 하며 장난스레 한쪽 눈을 찡긋한다.

"참, 어제는 가나 씨 댁까지 과자 배달해줘서 고마웠어요."

"갔더니 가나 씨가 아주 정신이 없더라고. 갖다주길 잘했어."

미야코가 웃는다. 재봉틀 주변이며 도구 같은 것도 가지런히 정돈되어 있고 다소 좁긴 해도 작업하기 편해 보이더라면서 자세하게 설명한다.

"준비도 오래 한 것 같고 자신감도 넘쳐 보였으니까 취재는 잘했을 거야"라고 이어서 말했다. 히오는 어디까지 말해야 할지 망설이다가 이런 일은 솔직히 털어놓는 게 좋겠다고 마음을 굳혔다.

"그게요……."

어제 오후에 가나가 찾아왔던 일과 취재가 어떤 식으로 진행되었는지, 그 때문에 가나가 의기소침해 있더라는 것까지 간략하게 이야기했다.

"그랬구나."

미야코는 작게 중얼거린 다음 시선을 아래로 살짝 내린 채로 무릎 언저리에서 오른손을 꼼지락거렸다. 미야코가 쓰다듬고 있는 것은 어깨에 비스듬하게 걸친 숄더백, 가나가 만든 가방이다. 자주 메고 다닌 탓에 노란색 천이 군데군데 색이 바랬다. 이미 미야코의 몸과 하나가 되어 떼려야 뗄 수 없는 그 가방은 미야코와 더할 나위 없이 잘 어울렸다.

♣

모든 벚나무가 봄에 꽃을 피우는 건 아니다. 가와즈벚나무와 게이오벚나무는 꽃이 일찍 피는 종이어서 2월경에 만개하며 겨울벚나무와 다카네벚나무처럼 한겨울에 개화하는 종도 있다. 또 시월벚나무는 이름에 걸맞게 가을에 꽃을 피운다. 왕벚나무는 성장 속도가 빠르지만 나같은 산벚나무는 천천히 자란다. 성장곡선이 가파르면 눈에 띄겠지만 그렇지 않더라도 다들 꾸준히 성장하고 있다. 일시적으로 제자리걸음을 보이거나 후퇴하는 순간도 있지만 그래도 천천히 차분하게 자란다. 그러니 조바심 낼 필요도 없고 누군가와 비교하는 것도 무의미하다.

　나는 오랜 세월을 살아왔다. 이곳에서 시간이 어떻게 흘러가는지 지켜봤다. 그렇기에 지난날을 떠올리며 아련히 추억에 젖어 들게 된다. 겨울이 끝나려면 아직 멀었을까. 이 겨울이 가고 봄이 올 때까지 나는 살아 있을까. 그 물음에 대한 대답인 건지 차가운 북풍이 불어와 메마른 내 가지를 인정사정없이 흔들었다. 융융거리는 그 소리가 누군가의 울음소리처럼 들렸다.

✤

　카페 체리 블라썸이 있는 이 건물은 히오의 외할머니 야에 시절부터 지금까지 여러 번 수리를 거쳤다. 주방과 화장실은 히오가 맡으면서 최신식으로 바꿨고 외벽과 내부 설비도 정기적으로 손을 본다. 공조 설비도 당연히 갖추고 있다. 각 방에는 사람의 움직임을 감지하고 자동으로 온도를 조절하는 시스템 에어컨이 설치되어 있다.

특히 1층 복도의 가스난로는 현관 부근뿐 아니라 계단과 2층 복도까지 후끈후끈하게 달굴 정도로 성능이 뛰어나다. 그런데도 외부 기온이 떨어지면 추위가 뼛속까지 스민다. 히오는 유니폼으로 입는 원피스 안에 얇은 면소재 니트를 껴입고 위에는 두꺼운 카디건까지 걸치고 가게에 나와 있다. 복도 청소를 하기 위해 대걸레를 들고 2층으로 올라갔다. 복도 끝에는 작은 창문이 하나 있는데 이 격자무늬 창을 열어두면 춥지도 않고 덥지도 않은 봄가을은 물론이고 여름날 저물녘에도 기분 좋은 바람이 들어온다. 하지만 오늘은 꼭 닫아놨는데도 차가운 냉기가 흘러 들어왔다.

히오의 입에서 "앗, 추워" 하는 말이 무심코 튀어나왔다. 이 건물의 창틀은 난방 효율이 높은 새시로 되어 있다. 히오의 어머니 사쿠라코가 레스토랑을 하던 시절에 전부 새시로 바꿨다. 하지만 2층 복도 끝의 이 격자창은 야에 시절 그대로 옛날 스타일의 나무 창틀로 된 여닫이창이다. 어릴 적에 할머니에게 와이어와 추로 균형을 맞춰서 밀고 당겨야 한다고 배웠지만 히오는 아직도 그 구조를 완벽하게 이해하지 못한다.

히오가 간신히 여닫이창을 열고 환기하고 있자니 창문 아래에 서 있는 여자 손님의 모습이 눈에 들어왔다.

"잠깐만 기다리세요."

계단을 탁탁 내려간다.

"오랜만이야."

여자가 친근한 미소를 내비치며 팔을 흔들었다. 환한 눈매가 낯설지 않다.

"가스미?"

"히오, 넌 하나도 안 변했구나."

고교 시절의 절친이 그때처럼 높은 톤으로 웃었다.

"어쩐 일이야? 여행 왔어?"

가스미는 대학 시절에 결혼해서 남편의 근무지가 있는 중부 지방에서 살고 있다.

"딸 학교 때문에 이쪽으로 이사 왔어. 지하철로 한 시간이면 오는데 좀처럼 시간을 못 내겠더라."

몇 년 만의 재회인가.

"히오는 카페 사장이 다 됐네?"

2층으로 안내하는 히오를 놀리며 생글생글 웃는다.

"하다 보니 그렇게 됐어."

히오가 쑥스러워하자 이번에는 "대단해" 하고 칭찬한다. 친구라는 고마운 존재가 히오의 가슴을 촉촉이 적신다.

"가스미 너야말로 엄마로 잘살고 있잖아. 딸도 많이 컸지?"

가스미는 스무 살에 딸을 낳았다.

"지금 중학교 1학년이야. 애가 참 당돌하지?"

히오는 갈피를 못 잡고 눈만 끔뻑거렸다.

"내가 여기 오는 걸 얼마나 기대했는데, 맹랑하게 자기가 먼저 찾아가지를 않나."

"응? 그게 무슨 말이야?"

종잡을 수 없는 말이 이어졌다. 침착하게 묻자 이번에는 가스미의 입이 쩍 벌어진다.

"내가 못 살아. 이름도 말 안 했어? 들어가기 전까지도 엄청나게 망설인 모양이던데. 나 참, 낯가림도 정도껏 해야지."

"혹시 그 여자애야? 미술부······."

스케치북을 들고 이대로 그림을 계속 그려도 될지 고민하던 중학생의 얼굴을 떠올리면서 가스미에게로 시선을 옮긴다. 두 사람의 얼굴이 포개졌다. 또렷한 눈매가 판

박이다. 진로 때문에 걱정하더라고 말을 전한다.

"그런 건 아무렇지 않게 말하는구나. 정말 이해할 수가 없는 애라니까."

쓸쓸하게 웃으며 두 손으로 뺨을 감싼다.

"요즘은 중학생 때부터 장래를 결정해야 하나 봐."

자기는 그림에 재능이 없는 것 같다고 말하던 모습이 아른거려서 너무 빨리 포기하는 거 아니냐는 직언을 덧붙인다.

"요즘 애들은 정보를 쉽게 얻을 수 있잖아. 그렇다 보니 그 나이 때 자기가 막 인생을 설계하기도 해. 일찌감치 결정을 못 내리면 조바심이 나나 봐. 안쓰러워."

가스미가 우리 때는 훨씬 살기 편했는데 요즘 애들은 안 됐다며 어깨를 으쓱한다.

"길이 일찌감치 정해진 히오 너도 나름의 힘든 부분이 있겠지만. 난 근사한 건물도 있고 물려받을 일도 있는 네가 부러웠어. 그렇지만 지금은 처음부터 길이 정해져 있는 것도 그 나름대로 힘들 것 같아."

"그렇지, 뭐."

히오가 옅은 미소를 보내자 가스미가 두 손을 자기 배에 갖다 댔다.

"내가 딸을 임신했을 때 부럽다고 말해준 사람은 너밖에 없었어."

너무 이르다면서 걱정 반 비난 반으로 말하는 사람도 있었다고 한다.

"네가 선택한 사람과 네가 선택한 길을 걸어가는 거잖아. 난 그게 대단해 보였어."

그렇게 보일 수도 있구나, 하며 가스미가 그리운 눈빛을 보낸다.

"히오 넌 카페 주인이 잘 어울려."

"정말?"

스스로는 부족한 점만 자꾸 눈에 들어온다고 솔직하게 말한다.

"너, 기억 안 나? 교실에 꽃도 장식하고 그랬잖아. 행사 때 쓸 장식도 만들고."

"아, 생각났어. 종이로 쓰키미 단고(음력 8월 15일 밤에 달맞이할 때 먹는 경단-옮긴이)를 올려놓을 제단도 만들었었어."

가스미에게 듣기 전까지 까맣게 잊고 있었다. 그리운 광경을 머릿속에 그리고 있자 "그러니까 넌 이 일을 하기 위해 태어난 거야. 천직이니까 자신감을 가져. 그리고 말이야" 하며 싱긋 웃는다.

"딸이 요즘 들어 다시 그림을 그리기 시작했어. 중학교에 입학하고부터 그림 그릴 때 표정이 어두워서 걱정했는데 요즘 다시 밝아졌어. 생각해보니까 이 카페에 다녀온 뒤로 달라진 것 같아."

진로 때문에 걱정하더라는 말을 듣자 감이 확 왔다고 한다.

"너도 모르는 사이에 다른 사람을 도운 거야."

♣

창밖에는 색채가 빈약하고 을씨년스러운 무채색의 세상이 펼쳐져 있다. 잿빛 구름이 마당 한복판에 서 있는 나를 안타까운 시선으로 내려다보았다. 잎이 떨어졌다고 해서 완전히 벌거숭이는 아니다. 누군가 그 사실을 알아주면 좋겠다.

잘 가.

당장이라도 그런 목소리가 들려올 것 같았다. 시시각

각 이별이 가까이 다가오고 있다. 그렇기에 이 광경을 눈에 담고 마음에 새기기 위해서 외면하고 싶은 마음을 억누른 채 눈을 크게 뜨고 나뭇가지를 높이 쳐들었다.

✤

그 사람이 소에다 고코라는 사실을 알아차리기까지는 히오도 나도 잠시 생각할 시간이 필요했다. 늘 깔끔하게 묶고 있던 밀크티 색깔 머리카락은 풀어서 늘어뜨리고 평상시에는 연한 색깔의 옷만 입더니 오늘은 온통 검은색으로 스타일리시하게 차려입고 있어서 분위기가 백팔십도 달라졌기 때문이다.

"아!"

뒤늦게 고코를 알아본 히오의 입에서 얼빠진 목소리가 흘러나왔다.

그제야 "오늘은 혼자 오셨네요……" 하고 인사하고는 과자를 주문한 기억이 없어서 말끝을 흐렸다.

"오늘은 쉬는 날이에요. 그래서 일이 아니라 차 마시러 왔어요."

평소에는 어른스러운 분위기 때문에 가까이 가기 힘든

느낌이 들었는데 이렇게 보니 자기 친구들과 별로 다르지 않았다. 어머니 옆이라서 얌전히 있었던 거구나, 생각하면서 서둘러 2층으로 안내한다.

"다실에 들어가도 될까요?"

히오가 묻기도 전에 먼저 그렇게 말을 꺼냈다.

"아아, 그게……."

오늘 아침에 삼잎 방도 다른 방들처럼 깨끗이 치웠고 도코노마에는 미야코가 갖고 온 동백꽃도 놓여 있다. 손님을 들이지 못할 이유가 없다. 다만 한 가지.

"다실에는 난방장치가 없어요."

한마디로 춥다. 이 건물 안에서 야에 때부터 바뀌지 않은 것이 있다면 복도의 여닫이창과 이 다실이다. 흙벽은 사쿠라코가 레스토랑을 하던 시절에 시멘트를 발랐고 장지문과 미닫이문도 교체했다. 그렇지만 냉난방 장치를 설치하려면 벽에 구멍을 뚫어야 한다고 해서 포기했다. 콘센트도 없어서 여름에는 선풍기를, 겨울에는 히터를 연장 케이블에 연결해서 끌고 왔던 적도 있지만 전선이 걸리적거려서 결국은 사용하지 않게 되었다. 히오는 그런 사정을 장황하게 늘어놓았다.

"괜찮습니다."

고코가 히오를 똑바로 쳐다보면서 대답했다. 그러고 보니 여름이 끝나갈 즈음 단골인 오쿠노도 에어컨이 없는 이 방을 선택했던 일이 기억났다.

"괜찮겠어요?"

슬리퍼를 신고 있어도 발바닥을 타고 찬 기운이 올라와 뼛속까지 추울 텐데.

"네. 걸어왔더니 몸에 열이 나서 괜찮아요."

본인이 원한다면야, 하며 히오는 미닫이문을 열었다. 어둑어둑한 방 안에 최소한의 빛이라도 들여보내려고 장지문을 열까요? 하고 물었다.

"아뇨, 이대로가 좋아요."

고코는 고개를 끄덕이고 나서 꽃을 마주 보고 앉아 다다미에 두 손을 얹었다.

"이 꽃이 사방등 같아서 좋아요."

고코의 옆얼굴이 말로 표현할 수 없을 만큼 아름다워서 히오는 숨을 삼켰다.

"와비스케라는 동백꽃이에요."

와비스케란 단일 품종이 아니라 작은 홑겹 꽃이 피는 품종군을 일컫는 말이다. 다로카자라는 동백꽃의 후손이고 꽃가루를 만들지 않아 번식 능력이 없는 품종인데 이

것 말고도 와비스케라고 불리는 동백이 더 있다며 미야코가 꽃을 꽃병에 꽂으면서 가르쳐주었다. 틀림없이 혼자 조용히 있고 싶을 거라 생각하면서 히오는 주문을 받고 방에서 나왔다.

"안 추워요?"

방을 나서기 전에 한 번 더 확인할 때도 고코는 "머리를 식히고 싶어서요" 하며 엷은 미소를 지었다.

다실을 골랐으니 말차를 주문할 줄 알았는데 고코는 센차를 주문했다. 히오는 주방으로 가서 차를 준비했다. 이런 날은 감칠맛이 강한 차가 좋을 것 같아서 가고시마산 지란차가 들어 있는 통으로 손을 뻗었다. 끓인 물을 적당히 식히기 위해 일단 귀때그릇에 옮겨 부었는데 바깥 기온이 낮아서인지 물이 순식간에 알맞게 식었다. 찻주전자에서 찻잔으로 차를 옮겨 담으니 매끈하고 순한 향기가 올라와서 히오는 심호흡을 했다. 과자와 함께 쟁반에 담아 계단을 올라간다. 먼저 한마디 말을 건네고 나서 미닫이문을 열자 고코가 허리를 꼿꼿이 세우고 앉아 히오를 쳐다보았다.

"다리 풀고 편하게 앉으세요."

집에 가려고 일어서다가 다리에 쥐가 나서 넘어질 뻔

한 사람을 지금까지 여러 번 봤다. 물론 히오도 오랫동안 무릎을 꿇고 앉아 있는 건 힘들다.

"가끔은 이러고 있는 것도 좋네요. 나 자신과 마주 보는 기분이 들어요."

깨끗한 목소리가 울렸다.

"추위도, 어둠도, 고요도. 전부 다 윤곽이 흐려지는 것 같아요."

그 말을 듣고 히오도 귀를 기울였다. 바람 소리에 섞여 들려오는 바스락거리는 소리는 산벚나무 가지에서 나는 소리일까. 차와 과자를 담은 쟁반을 다다미 위에 내려놓을 때조차 '톡' 하는 미세한 소리가 들렸다. 평소에는 귓가에 머무는 일 없던 소리가 맑은 공기 속에서 윤곽을 드러냈다.

"요즘은 어떤 과자를 만드세요?"

히오가 묻자 고코는 센차를 한 모금 마시고 나서 "감칠맛이 좋네요" 하고 중얼거렸다.

"다도를 즐기는 고객들이 눈을 표현한 고급 생과자 주문을 많이 하세요. 그래서 눈사람 모양 과자도 만들고요."

센차의 뜨거운 김이 얼굴을 가린다.

"모양은 두 분이 같이 고안하세요?"

연초에 카페 체리 블라썸에 갖고 온 매화 모양 하나비라모찌는 고코가 주도해서 만들었다고 했다.

"모양은 기본적으로 엄마가 만들어요. 저는 요청 사항에 맞게 매만지는 정도고요. 엄마는 나한테 맡기고 싶어 하는 눈치지만요."

일단 말을 한 번 끊고서 찻잔을 들었다.

"도저히 당해낼 수가 없어요, 엄마한테는."

찻잔을 깨끗이 비우고 짙은 한숨을 내뱉었다.

히오가 보온병을 내밀며 "한 잔 더 드세요" 하고 권하다가 갑자기 "잠깐만 기다려주실래요?" 하고 자리에서 일어나 계단을 내려갔다가 머그잔을 들고 돌아왔다.

"괜찮으면 이것도 드셔보세요."

두툼한 머그잔에서 김이 모락모락 피어오른다.

"이것도 눈 같네요……."

고코가 머그잔을 들여다보다가 툭 중얼거렸다.

"아마자케(명절이나 축제 때 주로 마시는 일본식 감주-옮긴이)예요. 몸을 따뜻하게 해줄 거예요."

히오가 다정하게 말을 건다. 고코는 후후 입김을 불고 나서 머그잔에 입술을 갖다 댔다. 아마자케를 한 모금 머금더니 "맛이 부드럽네요. 마음이 편안해져요" 하며 살며시 웃는다.

따뜻한 음료 한 잔이 고코의 마음을 부드럽게 녹여준 걸까, 고코가 입술 사이로 말을 쏟아냈다.

"엄마는 시집온 후에 할아버지에게 화과자를 가르쳐 달라고 부탁해서 배우기 시작했는데요, 순식간에 자기 것으로 만들었어요. 원래부터 재능이 있었던 거죠."

엄마가 만든 과자는 전통적이면서도 귀엽고 센스가 느껴져서 다도 스승들도 칭찬을 아끼지 않는다고 한다.

"나는 어릴 때부터 가업을 잇겠다고 마음먹고 전문학교에 입학해서 정식으로 기초를 배우고 유명한 노포에서 수련도 받았어요. 젊은 감각을 살려 새로운 과자를 만들어보라면서 엄마도 기대를 많이 하고 있어요."

네가 하고 싶은 대로 해보라며 맡겨줄 때도 많다고 한다.

"그런데 내가 만든 과자는 참신해 보이면서도 뭔가 부족해요. 세련되게 만들고 싶은데 결과물을 보면 왠지 촌스럽거든요."

정말 그럴까, 히오는 지난번에 고코가 만들었던 과자를 떠올렸다. 대화를 나누면서 한 손에 들고 먹을 수 있도록 배려를 담아 일부러 작게 만들었다던 과자 크기와 부드럽게 녹아내리던 팥소의 식감.

"그날 취재를 마치고 찾아온 가나 씨와 같이 먹었는데요, 굉장히 맛있었어요."

깊은 맛이 느껴지던 일본 된장과 흰 앙금의 맛을 떠올리자 입안에 단맛이 가득 피졌다.

"고맙습니다. 그렇게 말씀해주시니 기뻐요. 하지만 그것도 엄마 아이디어였어요. 가방을 만드는 분이니까 매화 모양이 어울릴 것 같다, 가볍게 한 손에 들고 먹을 수 있으면 좋겠다, 하면서요. 엄마는 아이디어가 넘치지만, 난 도저히 거기까지 생각 못 해요."

엄마와 함께 일하면서 처음으로 깨달았다. 아무리 시간이 지나도 그 사실은 달라지지 않을 거라고.

"넘어설 수가 없어요. 엄마가 너무 대단해서."

친엄마에 대해 이렇게 말하는 게 우습겠지만요, 하며 어깨를 움츠렸다.

"똑같은 모양을 만들어도 엄마가 만든 과자와 내가 만든 과자를 나란히 놓고 보면, 내 건 영 귀여운 맛이 안 나요. 기술의 차이라기보다는 타고난 재능이 다른 것 같아요. 노력으로는 어떻게 할 수 없는 영역이랄까. 이런 식으로 해서 언젠가 엄마를 따라잡는 날이 과연 올까, 그런 생각을 하면 불안해서 못 견디겠어요."

왕벚나무는 똑같은 꽃을 피우기 위해 한 나무로부터 증식된 클론이다. 그러나 완전히 똑같아야 할 필요가 있을까. 비록 겉모습은 똑같지 않을지라도 자식에게는 부모가 갖고 있는 무언가가 저절로 이어지기 마련이다. 하지만 그런 말을 전할 힘도 시간도 내게는 더 이상 남아 있지 않았다.

❉

운명의 날 아침에는 투명할 정도로 하늘이 푸르렀다. 세상과 이별하기 좋은 날씨구나, 하며 하늘을 우러러보았다.

요시이라는 이름의 나이 든 정원사가 어깨에 메고 있던 도구를 내려놓고 내 쪽으로 걸어왔다. 내 줄기를 꽉 움켜쥔 그의 거친 손은 늙고 굵은 내 줄기와 닮았다. 숙련된 기술자 특유의 따스한 기운을 느끼며 지금까지 얼마나 많은 나무가 이 손을 거쳤을까 생각하다가 이 사람이라면 내 운명을 맡겨도 괜찮겠다고, 내 마지막 순간을 지켜보는 사람이 이 정원사여서 다행이라고 담담히 받아들이게 되었다.

정원사는 줄기를 만지던 손으로 주먹을 말아쥐고서 내 옆구리를 톡톡 두드렸다. 주먹으로 두드리고 귀를 갖다 대는 동작을 반복했다. 그러고 나서 손끝으로 나뭇가지를 하나하나 어루만졌다.

"근사한 나무네."

그렇게 혼잣말을 중얼거리는가 싶었는데 정원사가 느릿느릿 톱을 거머쥐는 모습을 보고 내가 잘못 들었다는 것을 깨달았다.

벚나무 자르는 바보, 매화나무 자르지 않는 바보.

너무 괴로운 나머지 그 속담을 우물거렸지만 닿을 리 없는 내 목소리 대신 귀에 거슬리는 톱질 소리가 내 몸에 새겨졌다. 나뭇가지와 잎 사이에서 봄에 필 꽃눈과 잎눈이 자라고 있다. 냉정하기 짝이 없는 이 상황 앞에서 욱하고 치밀어 오르는 감정을 느꼈지만 나는 이제 몸부림칠 힘조차 갖고 있지 않다. 마지막으로, 히오가 앞으로도 행복하게 살아가기만을 기도하며 나는 조용히 눈을 감았다.

5장

다시 봄, 새순이 돋는다

 수선화를 무사히 장식하고 한시름 놓자 뻣뻣하게 굳었던 어깨의 힘이 스르르 풀렸다. 일본 수선화는 뿌리 언저리에 폭이 3센티 정도 되는 얇은 표피가 붙어 있다. 꽃꽂이할 때는 그 표피를 뺐다가 꽃과 잎사귀의 균형을 맞춘 다음에 다시 끼운다. 바깥쪽의 잎사귀에서 안쪽의 꽃으로 갈수록 낮아지게 꽃꽂이해야 예쁘다. 꽃과 잎사귀의 높이를 조절하며 이상적인 형태로 만든다. 긴장감을 동반하는 섬세한 작업이지만 나는 이 일을 정말 좋아한다. 내 손바닥 안에서 꽃과 잎사귀를 놀리고 있노라면 작은 동물이 내 손안에서 꼼지락거리는 기분이 든다. 아름답게 가다듬은 수선화를 조청 빛이 도는 접시에 장식한다. 평소에는 침봉을 쓰지 않다가 수선화를 장식할 때만 꺼낸다. 물이 담긴 접시 위에 꼿꼿이 서 있는 산뜻한 수선화는 주변 공기까지 단단히 죄어준다.

"차 준비됐어요."

히오의 밝은 목소리에 응, 대답하고 마지막으로 분무기로 꽃에 물을 뿌렸다.

2월, 농경을 다스리는 신이 내려온 날에는 유부를 바친다는 이유로 이날은 유부초밥을 먹는다. 카페 체리 블라섬에 자주 오는 손님 부부에게 들었다며 히오가 잔뜩 흥분한 채로 가르쳐주었다. 히오는 아내가 외국인인 그 부부는 둘 다 일본 문화에 조예가 깊다고, 주방을 왔다 갔다 하면서 몹시 감동한 표정으로 말했다. 부부의 대화는 이렇게 이어졌다고 한다.

"그날은 우리 집에서도 유부초밥을 만들어 먹습니다."

아내가 만든 유부초밥 맛이 기가 막힌다고 남편이 칭찬하자 아내는 "시어머니께서 만드는 법을 가르쳐주셨어요"라고 웃으며 말했다.

"어머니가 만든 것보다 당신이 만든 게 훨씬 맛있어.

어머니가 만든 유부초밥은 너무 달아서 솔직히 별로 안 좋아했었어요. 그런데 이 사람이 만들어준 걸 먹어보고 유부초밥이 원래 이렇게 맛있는 음식인가 싶어서 입이 쩍 벌어졌다니까요."

"팔불출처럼 왜 이래."

아내가 두 손바닥을 위로 향한 채 어깨를 으쓱해 보이자 남편이 "아니라니까" 하며 억울해했고 히오는 정색하는 그 모습이 왠지 귀여워 보였다며 사이좋은 두 사람을 떠올리면서 눈을 가늘게 떴다.

들꽃 가게 미야코와스레에서 열렸던 워크숍은 몇 달째 겨울 방학 중이다. 겨울에는 꽃꽂이 재료가 별로 없다는 건 표면적인 이유일 뿐이고 실제로는 운영 방식을 놓고 고민하고 있다. 2층도 여전히 그냥 놀리고 있다.

크리스마스 리스며 새해에 어울리는 장식을 만들고 절분(입춘 전날-옮긴이)에는 나무로 된 통에 호랑가시나무를 꽂아보는 것도 재미있을 것 같아 여러 가지 계획을 세웠다. 참가자들의 기뻐하는 얼굴과 목소리까지 생생히 떠올라 기분이 좋았다. 하지만 그런 기대는 차츰차츰 고통으로 변했다. 참가자 중 한 명이 워크숍을 자신의 영업 수

단으로 이용하려고 했다. 거기서 끝이 아니었다. 수업 시간에는 참가자들이 눌러대는 스마트폰 카메라 소리가 끈질기게 이어졌다. 완성된 작품을 이 각도 저 각도에서 찍어대느라 수업이 도무지 끝날 기미가 보이지 않을 정도였다.

처음에는 다들 적극적이라고 감탄한 적도 있다. 순서를 기록했다가 집에서 재현하고 자기 것으로 소화하기 위해서라면 그것도 나쁘지 않겠다는 생각에 사진 찍는 사람들을 말리지 않았다. 하지만 수업을 몇 번 하다 보니 남에게 과시하기 위해서, 자기 SNS에 올리기 위해서, 친구에게 자랑하기 위해서 그들에게 중요한 건 인증샷뿐이라는 사실을 알고 나자 얹힌 것처럼 속이 답답해졌다.

가능하면 집에 갖고 가서 오래 감상할 수 있는 꽃을 고르려고 고민했던 내 노력도 무의미했다. 대다수는 그런 것은 아예 바라지도 않았으며 카메라에 담는 찰나의 '사진발'에만 관심이 있었다. 철저한 준비도 자세한 설명도 필요 없었구나 하는 생각이 든 순간, 그토록 흥분으로 들끓었던 마음이 차갑게 식어버렸다. 어떻게 하면 앞으로도 워크숍을 계속 이어갈 수 있을까. 일반인을 대상으로 하는 워크숍은 그만하는 게 좋을까. 생각이 꼬리를 물었다.

그날 이후로 줄곧 고민하고 있지만 아직 해답을 찾지 못했다.

"입춘인데도 봄기운이 하나도 안 느껴져요."

히오가 타준 호지차 잔을 손에 들고서 후후 입김을 불었다.

"그래도 해가 많이 길어지긴 했어요. 사람이 춥다 춥다 하는 사이에도 계절은 봄을 맞이할 준비를 하고 있나 봐요."

"준비라."

나만의 겨울 방학도 봄을 맞이하는 준비 기간이 됐는지 어떤지 판단이 서지 않는다. 시선을 떨구고 허리춤의 가방을 쳐다보았다. 그대로 등 뒤로 눈을 돌리자 주방 옆에 걸려 있는 히오의 미니 파우치가 시야에 잡혔다.

"요즘 가나 씨는 자주 와?"

"네, 가끔 와요. 잡지에 소개된 후로 주문이 늘어서 바쁜가 봐요."

그런데 정작 히오의 표정은 그 반대의 이야기를 하고 있었다. 잠깐 머뭇거리다가 "근데 이대로 괜찮은지 고민하는 것 같았어요" 하고 속삭이듯 작은 목소리로 말하고는 고개를 숙였다. 가나는 대면 판매 방식을 고집했다. 손님이 자기가 만든 가방을 편하게 쓰기 바랄 뿐 아니라 선물할 가방을 고를 때도 직접적으로 도움을 주고 싶다고 전에 그랬었다. 가나의 기사가 실린 잡지는 서점에서 사서 읽었다. 거기 나와 있는 사진은 하나같이 스타일리시하고 매력적이었지만 가나만의 배려와 위로까지는 느낄 수 없었다. 색상과 디자인이 예쁜 가방이라는 겉면만 클로즈업되어 있었다.

기사 내용도 유려한 문체로 쓰여 있어서 세련된 인상을 풍겼지만 가나의 작품이 지닌 힘까지 전달하지는 못했다. 대면 판매 방식이라는 글자 밑에 '이메일 주문 가능'이라고 적혀 있었다. 여태 그런 식의 주문은 받지 않았으니 아무래도 잡지사 측에서 억지로 밀어붙인 것 같았다.

진심을 전하는 게 이렇게 어려운 일인가 싶어 당황스럽다. 내 꽃도 마찬가지다. 혹시 단순한 자기만족이나 이기심은 아닐까. 괴로운 마음을 안고 카페 체리 블라썸에서 나왔다. 현관을 빠져나와 안쪽의 쪽문을 살며시 밀고 마당 안으로 들어갔다. 가지가 잘린 나이 든 벚나무가 묵묵히 서 있었다. 벚나무는 추운 겨울에는 가만히 있다가 날이 풀리면 잠에서 깨어나 꽃봉오리를 부풀린다.

휴면 타파.

휴면하던 식물이 혹독한 겨울을 이겨내고 다시 깨어나 생육을 개시한다는 뜻이다. 내가 느끼는 고통의 시간에도 의미가 있을까. 나뭇가지에 앉아 있는 동박새가 봄이 오고 있다고 알려주었다.

❊

반려견 다쓰미와 산책하다가 이곳을 발견한 게 언제였더라. 오래된 느낌이 나는 서양식 건물 마당에 우뚝 서 있던 벚나무 고목. 처음 본 순간 이유를 알 수 없는 그리움이 북받쳤던 기억이 지금도 생생하다.

어째서 그런 감정을 느꼈는지는 잘 모르겠다. 예전에 만났던 누군가의 모습이 눈에 아른거렸을지도 모르지만 이제는 그런 기억조차 희미해졌다. 어쨌거나 나와 다쓰미는 이 나무를 보고 첫눈에 마음을 빼앗겼다. 한 치의 망설임도 없었다. 그래서 매번 마음속으로 이런저런 속내를 털어놓는다. 그러면 괜찮아, 하는 대답이 귓가에 들려오곤 한다.

삶의 끝이 다가오고 있다. 그런데도 전혀 두렵지 않은 건 이 벚나무가 있어줬기 때문인지도 모른다. 잠시 이 세상을 떠났다가 이렇게 다른 모습으로 다시 태어날 수 있다면 그것도 재미있겠다는 생각마저 든다.

✤

내 몸속에서 뭔가가 꿈틀거렸다.

뭐지? 궁금해서 귀를 기울였다. 한겨울에 정원사가 톱으로 내 몸을 벴다. 그런데 왜 말소리가 들려오는 걸까.
"역시 부탁하길 잘했어요."
웃음소리가 묻어나는 맑은 목소리는 히오다. 내 발치에 붙어서 놀던 그때 그대로다.
"이제 마음이 놓여요."
대화 상대는 꽃집 주인 미야코 같은데. 미야코가 데려온 정원사가 내 몸을 잘랐던 기억이 되살아났다. 그렇다면 내가 지금 하늘에서 마당을 내려다보고 있는 걸까, 아니면 다른 형태로 다시 태어난 걸까. 나는 내 몸을 쭉 훑어보았다. 전체적으로 예전보다 가벼워진 느낌이지만 줄기는 변함없이 울퉁불퉁하고 나뭇가지도……. 거기까지 확인하다가 정신이 번쩍 들었다. 아래쪽 가지가 깔끔하게 잘려나가고 없었다.

"벚나무는 위를 향해 자라기 때문에 아래쪽 가지는 잘라주는 게 좋대. 나도 요시이 씨한테 듣고 깜짝 놀랐어."
"벚나무 자르는 바보, 매화나무 자르지 않는 바보. 그 속담이 틀렸단 말이에요?"
히오가 어머니에게 들은 속담을 입에 올린다.
"틀린 말은 아니야. 가지치기를 잘못하면 벚나무가 병에 걸리기도 하거든."
그렇다고 가지치기를 안 하고 그냥 내버려두면 나무가 약해진다. 미야코는 판단을 잘해야 한다던 요시이의 말을 강조했다.
"이 나무는 아주 튼튼하고 강인해서 이렇게 살짝 다듬어주기만 해도 앞으로 한참은 끄떡없을 거래."
미야코가 전달한 요시이의 말이 번쩍 내 귀를 헤집고 들어왔다.

"다행이다."

히오가 가슴을 쓸어내리는 모습은 내 눈에도 똑똑히 보였다.

"게다가 꽃봉오리가 제대로 맺혀 있어서 봄에는 예쁜 꽃을 피울 수 있을 거라던데?"

"예? 꽃봉오리요?"

내가 작년 여름부터 만들기 시작한 꽃봉오리가 겨우내 잠을 자고 있었던 사실을 두 사람은 모른다.

그런 건 몰라도 된다.

나는 왠지 그런 생각이 들었다. 꽃은 슬그머니 폈다가 한순간에 조용히 진다. 꽃이 흐드러지게 핀 광경을 보고 기뻐해준다면야 나는 아무것도 바랄 게 없다.

벚꽃은 아름다울 때 떨어진다. 그러나 거기서 끝은 아니다. 꽃이 지자마자 내년에 피울 꽃봉오리를 준비하지만 먼 훗날의 일까지 애써 떠들어대고 싶지는 않다.

"이 벚나무는 수령이 100년이 넘는대. 그러면 히오 씨는 물론이고 어머니와 할머니와도 줄곧 함께했다는 얘기잖아."

미야코의 따스한 목소리가 내 줄기와 가지를 지나 가

슴속 깊은 곳까지 닿았다.

"근데 요시이 씨가 이렇게 산벚나무가 한 그루만 있는 게 신기하댔어."

"그러게요. 그래도 이 나무 덕분에 할머니와 엄마와 제가 여기서 장사를 할 수 있었던 걸 생각하면 고마울 따름이에요."

나도 모르게 눈물이 핑 돌았다. 그게 신호였을까, 또다시 꽃봉오리 안쪽에서 뽁 하는 소리가 났다. 꽃봉오리가 서서히 눈을 뜨기 시작했다.

"오늘은 무슨 꽃이에요?"

미야코와 히오가 나란히 카페 안으로 들어가는 모습을 눈에 담았다.

"갯버들. 폭신폭신한 게 꼭 고양이 꼬리 같지?"

미야코가 회색빛이 도는 솜털 같은 꽃이삭을 쓰다듬었다.

처음에는 선뜻 믿기지 않았다. 정원사의 손을 빌려 목숨을 부지하다니. 잎이 떨어진 벚나무는 말라 죽은 것처럼 보이지만 실제로는 다음 해에 필 꽃을 준비하고 있다. 그렇게 해서 몇 번이고 다시 태어난다. 그 사실을 알면 불

필요한 벌채를 줄일 수 있다. 사람도 마찬가지다. 상처 입고 실패했을 때는 자기 힘으로 버티거나 타인의 힘을 빌리면 된다. 그러면 다시 일어서서 전진할 수 있다. 나는 그 힘을 믿어 의심치 않는다.

군더더기를 덜어내고 나면 현재를 살아가라는 단순한 깨달음만 남는다. 그게 얼마나 큰 축복인지 나는 안다. 가벼워진 몸으로 조금만 더 힘을 내자고, 여기서 저들을 지켜주자고 다짐했다.

♣

카페 체리 블라썸은 엄마와 함께 운영하는 우리 가게에서 두 정거장 떨어져 있다. 오늘은 정기 휴일인 그 카페를 엄마와 같이 아침 일찍부터 방문했다. 며칠 전에 나는 머리카락을 짧게 자르고 기존보다 더 밝게 금색에 가까운 색으로 염색했다. 엄마도 새치가 섞여 있던 머리카락을 핑크빛이 도는 연한 톤으로 바꾸고 나니 한결 젊어 보인다. 히오가 안쪽에서 얼굴을 내비치며 두 분 다 봄이네요, 하고 감상을 말했다.

"너무 화려해 보일까 싶어 걱정했는데요."

엄마가 쑥스러워하며 머리에 손을 올렸다.

"애가 자꾸 해보라잖아요. 잘 어울릴 거라면서."

자연스럽게 나이 들어가는 모습이 좋지, 젊게 보이려고 몸부림치는 건 꼴사납다고 생각했었는데 막상 화사하게 나를 가꾸니 좋다고 말하는 엄마는 어쩐지 기분이 좋아 보인다. 그 말을 듣고 있던 히오도 마당으로 눈길을 보내며 "식물이나 사람이나 똑같네요"라면서 감상에 젖은 듯 고개를 끄덕였다.

이곳 마당에는 100살이 넘는 벚나무가 있다. 나무가 나이가 들면서 메마른 가지가 많아지고 전체적으로 힘이 없어 보여서 걱정됐다고 히오가 말했다. 이 카페에 자주 드나드는 꽃집 주인 미야코가 정원사를 소개해줘서 지난 겨울에 가지치기를 했다고 한다. 벚나무는 겨울잠을 자는 겨울철에 가지를 잘라주는 게 좋다고.

"가지를 다듬어주면 나무가 건강해져서 앞으로도 계속 꽃을 피울 수 있다고, 정원사가 그렇게 말했어요."

히오가 한 말을 자신과 연결해서 생각하는지 엄마가 조용히 고개를 끄덕인다.

"아, 죄송해요. 잡담이 길어졌네요. 오늘은 아침 일찍 와주셔서 감사합니다."

히오가 고개를 숙이자 가만히 고개를 끄덕이던 엄마가 아니라며 손을 좌우로 흔들었다.

"불러줘서 우리가 더 고맙죠."

인사를 건네던 엄마가 나를 재촉하기에 과자가 든 상자를 내밀었더니 히오가 얼굴 가득 웃음을 보였다.

"과자 이름은 호접이에요."

그 자리에서 흰색 종이 상자를 열자 연한 크림색의 고급 생과자가 가지런히 놓여 있는 게 보였다. 모양이 망가지지 않은 것을 확인하고 가슴을 쓸어내렸다.

"예쁜 나비네요."

상자 안의 나비는 볼록하고 동그란 날개를 달고 있다.

"나풀나풀 날아다니고 있어요."

히오가 실눈을 뜨고서 지금 당장 상자 뚜껑을 닫지 않으면 나비가 날아가버릴 거라는 듯이 다급하게 뚜껑을 닫는 시늉을 한다. 익살맞은 히오의 동작을 보자 반사적으로 웃음이 터져 나왔다.

"옛날부터 있던 도안을 엄마가 수정해서 새로 만든 우리 가게의 오리지널 상품이에요. 요즘 같은 계절에는 인기가 많아서 멀리서 사러 오는 사람도 있어요."

히오의 반응이 기쁜 나머지 마음의 평정을 잃고 한껏

들뜬 목소리로 설명하고 있다는 걸 나도 모르지 않았다. 그러자 엄마가 "이번에는 얘가 만들었어요. 내 디자인을 고코가 작품으로 승화시켰어요"라고 말을 보탰다. 그때 본 엄마의 옆얼굴은 내가 아는 엄마가 아니라 장인의 얼굴이었다. 그러고는 미간에 주름을 새기고 "내가 만들면 날지 않던 나비가 고코 손을 거치면 훨훨 날아요. 참 이상하죠" 하며 자애로운 눈빛으로 과자를 눈에 담았다.

"호접은 우리 가게의 상징이나 다름없는 과자여서 내가 만들면 안 된다고 생각했어요. 아무리 노력해도 엄마처럼 섬세하게는 못 만들겠더라고요."

전에는 그래서 열등감을 느꼈다.

"엄마가 너만의 나비를 만들면 된다고 조언해줘서 팔을 걷어붙이고 한번 도전해봤어요."

솔직한 속마음이 입 밖으로 술술 흘러나와서 스스로도 놀랐다. 내가 당황하자 엄마가 빙긋 웃었다. 괜히 쑥스러워서 엄마의 눈길을 피하다가 마당의 커다란 나무와 눈이 마주친 느낌이 들었다. 해마다 꽃을 피우는 벚나무도 매년 똑같은 꽃을 피우지는 않는다. 100년 전에 폈던 꽃과 올봄에 피는 꽃은 다르겠지만 그때마다 상춘객들의 심금을 울린다는 사실은 변함이 없다. 계속하는 것, 그건 어쩌면 변화하는 게 아닐까.

"슬슬 출발할까요? 이번 버스를 놓치면 산까지 가는 버스가 30분 후에나 오거든요."

히오의 재촉에 현관을 나섰다. 히오가 겉옷을 걸치고 나와 문단속을 한다. 삐거덕거리는 소리와 함께 문이 닫히고 오래된 열쇠를 왼쪽으로 두 번 돌리자 딸깍거리며 문이 잠겼다.

역 앞에서 올라탄 버스에 몸을 맡기고 있는 사이에 산길로 접어들었다. 관광객이 일부러 찾아오는 번화한 대로에서 별로 멀지도 않은데 창밖으로 보이는 풍경이 확 바뀌었다. 목적지 버스 정류장에 내리자 공기가 너무 맑아서 어리둥절할 지경이었다. 역 앞보다 기온이 낮은 탓인지 바람은 차가웠지만 상쾌해서 기분이 좋았다.

"이쪽이에요."

한 걸음 앞서 걸어가는 히오를 따라 좁은 골목으로 들어가자 '들꽃 가게 미야코와스레'라고 쓰인 간판이 나타났다. 이끼 낀 지붕을 이고 있는 대문 너머로 돌길이 이어지더니 그 안쪽으로 오래돼 보이는 2층짜리 단독주택이 눈에 들어왔다.

"분위기 있네요."

엄마의 눈에서 빛이 났다. 엄마는 이렇게 오래 묵은 느낌이 나는 것들에 대한 애정이 남다르다. 녹이 슨 쇠붙이, 죽은 나무, 오래된 가구. 그런 것들을 갖고 와서는 인테리어 소품으로 활용한다. 깨진 찻잔을 옻칠로 정리하고 금가루나 은가루를 발라 복원해서는 그윽하게 바라볼 때도 있다.

어릴 때는 그런 걸 왜 좋아하는지 통 이해하지 못했다. 오래된 건 지저분하다. 누가 썼는지도 모르는 물건은 불결하다며 멀리했다. 하지만 화과자 만드는 일을 시작하고 계절의 변화에 관심을 가지면서부터 나도 모르는 사이에 새로운 물건보다 손때 묻은 물건에 끌리게 되었다. 엄마를 따라잡고 싶어서 조급하게 굴었던 적도 있지만 시간을 들여 천천히 도달할 수밖에 없는 경지가 있다는 것을 이제는 안다. 조바심 낼 필요 없다. 시간이 흘러가듯 나도 조금씩 성장하면 된다고 생각을 바꾸자 그때부터 차츰차츰 스스로 납득할 만한 과자를 만들 수 있게 되었다.

마당을 향해 활짝 열린 유리문 안쪽에서 미야코가 몸

과 손을 동시에 흔들며 우리를 반갑게 맞이해주었다.

"유채꽃이네. 정말 예쁘다."

가게 안의 커다란 테이블 위에 알루미늄 대야가 놓여 있고 그 대야 안에서 유채꽃이 물 위에 떠 있었다.

"잠깐 이쪽으로 와보세요."

미야코가 손짓하면서 우리를 건물 뒤쪽으로 데려간다. 이쪽이에요, 하며 뻗은 오른손 너머로 샛노랗게 물든 낭떠러지가 보였다.

"아."

나는 숨을 삼켰다. 유채꽃이 흐드러지게 피어 꽃물결을 이루고 있었다. 전국적으로 유채꽃이 만발하는 시기보다 한발 빨리 세상에 나왔다며 미야코가 실눈을 뜨고 말했다.

"이 풍경을 실내에 옮겨놓고 싶어서 오늘은 2층에도 유채꽃을 한가득 장식했어요."

미야코의 목소리가 유채꽃 꽃밭에 울렸다.

"고코 씨가 만든 나비가 날아다니겠어요."

히오가 그렇게 말해줘서 몹시 뿌듯했다.

"나비? 나비 모양 과자예요?"

미야코가 눈빛을 반짝이면서 묻자 엄마가 과자에 관해

막힘없이 설명했다.

"이 식물의 정식 명칭은 유채예요. 꽃이 피어 있을 때만 유채꽃이라고 부르죠."

미야코가 종자로 기름을 짜서 썼기 때문에 그런 이름이 붙었다고 말하고 나더니 여기서 이러고 있을 때가 아니니까 유채꽃 이야기는 이쯤 하자며 걸음을 재촉했다. 서둘러 가게로 돌아오자 벌써 몇몇 손님이 줄을 서서 기다리고 있었다.

"가나 씨, 이제 문 열어도 될까요?"

계단 아래에서 미야코가 말을 걸었다.

"네, 좋아요" 하는 힘찬 목소리와 함께 가나가 생긋 웃으며 얼굴을 내밀었다.

"안녕하세요. 오늘 와주셔서 감사합니다."

우리를 알아보고 꾸벅 인사를 했다.

오늘은 여기서 가나의 가방을 주문하는 자리가 열린다. 원래 가나는 대면 판매 방식을 고집했는데 매스컴과 SNS 등을 통해 입소문이 나고 인기가 많아지면서 앞으로 어떻게 대응해야 할지 고민했다고 한다. 그때 미야코가 자기 가게 2층에서 정기적으로 주문을 받는 자리를 마련해보면 어떻겠냐고 제안했다. 원래부터 가나의 작품 활동에 관심이 많았던 미야코는 2층을 가나의 작업실로 만드는 계획도 세웠었다고 한다. 이번에 과자를 주문하면서 히오가 그런 이야기를 들려주었다.

"가나 씨가 이왕이면 느긋하게 즐길 수 있는 시간이 됐으면 좋겠다고 해서, 서한테 일일 카페를 열어줄 수 있겠냐는 제안이 들어온 거예요."

미야코는 지금 가게로 이전하면서 언젠가 음식 관련 이벤트도 열어보고 싶었는지 카페 영업 허가를 얻은 부엌도 갖추고 있었다.

"봄에 어울리는 과자를 만들어주세요."

히오의 요구 사항을 듣고 엄마와 의논했다.

"그럼 호접 만들면 어떨까?"

엄마의 말에 몸이 경직되었다. 우리 가게의 대명사나 다름없는 호접을 만들 자신이 없었다.

"가나 씨의 전시회장에서 너만의 나비를 날린다고 생각하고 만들어봐."

신념을 밀고 나가기 위해 고민했던 가나, 그런 가나에게 도움의 손길을 내밀어준 미야코 그리고 할머니 대부터 이어져온 건물을 자기 방식대로 지켜나가는 히오. 그들이 좋은 자극제가 되어주었다. 나는 항상 자신감이 없고 소극적이었던 사람인데 이번에는 내가 할 수 있을까? 괜찮을까? 하는 불안감이 고개를 쳐들지 않아서 신기했다. 그냥 해보자, 이것저것 따지지 않고. 그렇게 결심했다.

"가나 씨 작업실을 가게 2층으로 옮겨요?"

엄마가 과자를 준비하면서 물어보니 미야코가 고개를 옆으로 흔들었다.

"저번에 가나 씨 집에 갔었는데요."

잡지사에서 취재하러 온다고 해서 우리가 하나비라모찌를 준비했던 그날이다.

"집이 무척 아늑했어요. 작업 도구도 있어야 할 자리에 딱딱 놓여 있고 허투루 쓰는 공간이 하나도 없었어요. 그걸 보고 나니까 가나 씨가 생활하는 공간 안에서 작업해야 가나 씨다운 작품을 만들 수 있겠다는 생각이 들었어요."

미야코는 여기서 꽃꽂이 워크숍을 진행했다. 한동안 중단됐던 그 수업도 다음 달부터 재개할 거란다.

"방향을 정했어요?"

미야코가 운영 방침을 놓고 고민했을 때 이야기 상대가 되어줬던 히오가 밝은 목소리로 물었다.

미야코가 슬쩍 눈짓을 보낸다.

"응. 특정인을 위한 꽃꽂이라는 콘셉트로 진행할 생각이야."

그 특정인은 자신이 될 수도 있다. 누군가를 생각하면서 꽃을 고르고 그 사람이 기뻐하는 얼굴을 떠올리면서 꽃꽂이한다. 그렇게 하면 마음이 담긴 꽃을 만들 수 있으리라는 기대가 생겼다고 한다.

"가나 씨가 자기 작품을 대하는 방식, 히오 씨가 손님을 접대하는 모습, 그리고 고코 씨와 어머니가 만든 과자를 보고 아이디어가 떠올랐어요."

"예? 우리가 만든 과자요?"

얼결에 목소리가 커졌다.

"대화에 집중할 수 있도록 앙금의 농도까지 고려해서 만든다고 히오 씨한테 들었어요."

몸 둘 바를 몰라 뺨이 발갛게 달아올랐다. 고개를 숙인 내 어깨 위에 엄마가 살며시 손을 올렸다. 손에서 전해지는 온기가 잘됐네, 하고 격려하는 것 같았다.

"일단 시작하려고요. 해보고 잘 안되면 다시 고민하면 되니까요. 생각만 하고 아무것도 안 하는 것보다는 낫잖아요."

미야코는 자기 자신을 이해시키려는 것처럼 고개를 끄덕인 후, 자그마한 컵에 유채꽃 하나를 담아 히오가 가져온 쟁반에 올렸다. 쟁반 위 찻잔 옆에 놓인 나비가 유채꽃 향기를 맡고 날개를 팔락거리는 광경이 눈에 선했다.

있잖아. 날아보자. 우리 함께.

소리 내어 말하지는 않았다. 하지만 지금 이 순간 모두 같은 생각을 하고 있으리라고 나는 믿는다. 히오가 끓인 차가 담긴 찻잔, 내가 만든 화과자 그리고 미야코가 준비한 꽃이 쟁반 안에서 멋지게 하나가 되어 가나의 가방과 함께 아름다운 광경을 자아내고 있었다. 그래서 그렇게 믿을 수밖에 없었다.

"어서 오세요."
단골일까, 일본인 남자와 외국인 여자가 들어오자 히오가 반갑게 웃으며 맞이했다.
"히오 씨가 자주 쓰는 파우치를 봤거든요. 보자마자 한눈에 반했어요. 굉장히 쓰기 편해 보이더라고요."
여자가 들뜬 얼굴로 말했다.

"저도 주문하고 싶습니다."

서류 같은 걸 자주 들고 다니는 편이어서 늘 짐이 많거든요, 그러니까 크고 튼튼한 걸로……. 이미 머릿속에 그려둔 디자인이 있는지 남자도 기대에 찬 눈빛으로 말을 이었다.

벚나무는 여러 생명체와 얽혀 살면서 꽃을 피워. 그러니까 혼자 애쓸 거 없어. 많은 이들의 도움을 받으면서 앞으로 걸어나가면 돼.

어디선가 그런 목소리가 들린 것 같아 고개를 갸웃거리다가 상자에서 과자를 꺼내 옮기려고 찬합을 여는 히오의 모습이 시야에 잡혀서 같이 해요, 하며 달려갔다.

♣

카페 오픈 시간은 12시다. 나는 늦어도 한 시간 전에는 가게에 도착하려고 한다. 그날 낼 과자를 그날 아침에 사러 갈 때도 있다. 예전에는 곧잘 그렇게 했지만 최근에는 가깝게 지내는 화과자 가게가 생긴 덕에 직접 사러 가는 횟수가 줄었다. 2주에 한 번꼴로 찾아와 꽃을 바꿔주는 사람은 여기서 산길을 조금 올라간 곳에서 꽃집을 운영하는 미야코다. 오늘 미야코가 갖고 온 꽃은 고부시라는 이름의 일본 토종 목련이다. 하얗고 큼지막한 꽃이 달린 식물인데 백목련과 많이 닮았다.

"백목련은 꽃받침이 있어서 꽃이 활짝 안 펴. 그런데 고부시는, 봐봐."

미야코가 손바닥을 편 것처럼 입을 크게 벌리고 있는 꽃송이를 가리켰다.

"또 백목련은 꽃이 먼저 피고 잎사귀는 나중에 자라지만 고부시는 꽃과 잎사귀가 동시에 피거든. 산벚나무랑 비슷해."

카페 체리 블라썸 마당에 있는 벚나무 품종을 입에 올리며 미야코가 가르쳐주었다. 길거리에서 흔하게 볼 수 있는 왕벚나무는 꽃이 진 후에 잎이 나온다. 하지만 산벚나무는 꽃과 잎이 동시에 맺힌다. 해마다 봄이면 그 모습을 봤기 때문에 나도 잘 안다.

"그렇구나, 백목련은 왕벚나무처럼 피고 고부시는 산벚나무처럼 핀다. 이렇게 외우면 되겠어요."

미야코가 고개를 끄덕이며 엄지와 검지로 동그라미를

만들었다.

미야코의 워크숍은 '소중한 사람을 위한 꽃꽂이 교실'로 커리큘럼을 바꾼 후로 참가자의 연령층이 달라졌다고 한다.

"말도 안 되게 연령층이 다양해."

고부시를 예쁘게 꽂고 난 다음에 미야코가 눈을 동그랗게 뜨고서 그렇게 말을 꺼냈다.

"할머니에게 꽃을 선물하고 싶다며 찾아온 대학생, 오랜 친구를 위해 꽃꽂이를 배우러 왔다는 팔십 대 할머니, 그런 사람들을 볼 때마다 얼마나 행복한지 몰라."

미야코가 황홀한 표정을 짓는다. 꽃은 본래 소중한 사람에게 주는 선물이다. 기념일을 축하하고 작별 선물로 주기고 하고 병문안 갈 때 갖고 가기도 하고······.

"물론 혼자 혹은 가족과 함께 밥을 먹는 식탁을 꽃으로 꾸밀 때도 있어. 소중한 자신을 위한 꽃이지."

미야코는 참가자들을 보면서 새삼스레 배웠다고 했다.

"그리고 말이야, 이건 아닌데, 싶은 생각이 들면 처음부터 다시 시작하면 되잖아. 가뿐하게, 편안하게. 나 그렇게 살고 싶어."

안쪽으로 가서 쪽문을 열고 들어갔다. 엄마에게 물려

받은 이 건물의 마당 한복판에는 커다란 산벚나무가 한 그루 서 있다. 이 건물만큼이나 나이를 먹은 나무에 얼마 전부터 마른 나뭇가지가 잔뜩 달려 있어서 마음에 걸렸다. 이러다가 죽을까 봐 가슴이 찌릿찌릿했다. 미야코에게 얘기했더니 친하게 지내는 정원사를 소개해주었다. 베테랑 정원사 요시이가 나무의 휴면 기간을 가늠해서 가지를 다듬었다. 덕분에 나무는 봄이 오기 전에 다시 기력을 회복했다.

마당은 늘 대나무 빗자루로 쓸어서 청소한다. 마당 한쪽에 있는 창고에서 빗자루를 꺼내 쓱쓱 쓸고 있노라면 자연스럽게 업무 모드로 스위치가 전환된다.

"아, 민들레다."

이제껏 흙밖에 안 보이던 마당 주위로 노란색 꽃이 얼굴을 내밀고 있었다. 쪼그려 앉아 유심히 살펴보니 이름 모를 흰색 꽃과 분홍색 들꽃도 섞여 있었다. 꽃을 피해 비질을 하면서 마당 한복판으로 낙엽을 모았다. 그리고 벚나무 옆까지 와서 고개를 들었다.

줄기는 지름이 30센티쯤 될까. 키는 2미터 정도라서 길거리나 벚꽃 명소에서 볼 수 있는 벚나무보다는 작은 편이지만 가지를 좌우로 넓게 뻗은 모습은 제법 듬직해 보인다. 느긋해 보이는 그 모습에 친근감을 느끼며 나무 옆으로 다가갔다. 아직 알몸 상태인 나뭇가지를 빤히 쳐다보니 어쩐지 붉은빛이 도는 것처럼 보였다.

겨울에 칙칙한 가지를 봤을 때는 죽었을까 봐 불안했는데, 이유는 모르겠지만 지금 내 눈앞의 가지는 적갈색에서 연지색에 가까운 색깔을 띠면서 윤기를 머금고 있다. 마치 나무 안에 반짝반짝 빛이 숨어 있는 것만 같다.

"택배 왔어."

엄마가 한 손에 상자를 들고 쪽문 밖에 서 있었다.

"엄마, 고마워!"

빗자루를 내던지고 달려가자 엄마가 "어휴, 그렇게 막 던지면 어떡해"라며 어이없어하더니 조용히 빗자루를 다시 세워주었다. 인터넷으로 차와 같이 낼 건과자를 주문했다. 배송 날짜를 오늘 오전으로 지정하고 주문했는데 내가 집에서 나올 때까지 도착하지 않았던 택배였다. 발을 동동 구르고 있자, 엄마가 "나중에 도착하면 내가 갖다줄게"라면서 손을 내밀어주었다.

카페 건물 뒤쪽에 가족이 함께 사는 집이 있다. 카페와 가까운 곳에 산다고 은퇴한 엄마에게 자꾸 일을 시켜서는 안 된다는 것쯤은 나도 안다. 하지만 부모님에게 기대는 것도 일종의 효도라고 마음대로 해석하고 응석을 부릴 때는 부리기로 했다. 엄마는 빗자루를 창고에 넣고 벚나무 쪽으로 곧장 걸어갔다.

"얼마 안 남았네."

"뭐가?"

"뭐긴 뭐야, 당연히 꽃이지."

엄마는 단호하게 말했지만 꽃이 피려면 아직 한참 멀었다. 밝은 햇빛을 받아 가지가 윤기를 머금은 듯 보이지만 지금도 나뭇가지는 겨울철과 똑같이 알몸 상태다. 어리둥절해하면서 엄마의 옆얼굴을 쳐다보니 엄마는 눈썹을 내리고 빙긋 웃으며 나뭇가지를 보고 있었다.

"여기 좀 봐봐."

손끝으로 가지를 가리킨다. 거기에 새끼손가락만 한 크기에 뾰족하게 생긴 뭔가가 붙어 있었다.

"여기도 있네."

그쪽에도 똑같이 생긴 돌기가 붙어 있었다.

"이게 꽃눈이야. 조금씩 부풀어 오르고 있지?"

그렇게 물은들 난 꽃눈을 한 번도 관찰한 적이 없어서 비교할 대상이 없다.

"아직은 나무와 똑같은 갈색이지만."

겨울철에는 추위로부터 꽃눈을 보호하기 위해 이렇게 뾰족하고 두꺼운 비늘로 꽁꽁 싸둔다고 한다.

"몇 주 사이에 확 달라질 거니까 잘 봐둬."

"흐응."

비늘처럼 생긴 것에서 꽃이 나온다니 좀처럼 믿기지 않았다. 해마다 어느 날 갑자기 꽃봉오리가 나타나서 꽃망울을 터뜨린다고 막연히 생각했다. 하지만 실제로 나무는 꽃눈을 만들어 키우고 있었던 거다.

"언제 생겼지? 전혀 몰랐어."

매일 이 마당을 청소하고 벚나무도 쳐다봤었는데, 하며 입술을 내밀고 고개를 갸웃한다.

"여름이야, 벚나무는 꽃이 지자마자 다음 해에 필 꽃눈을 준비하거든."

"정말? 그렇게 빨리?"

그러고 보니 정원사 요시이한테서 이 나무에 꽃봉오리가 맺혀 있다는 말을 들었다고, 미야코가 말했던 기억이 난다. 긴 시간을 들여 차근차근 준비하고 키우다가 순식간에 꽃을 피운다. 그래서 벚꽃은 그토록 아름다운 걸까. 지난 1년간 심혈을 기울여 만든 결정체를 내놓고서 멋지게 진다. 그 과정을 상상하자 광대한 힘이 나를 완전히 내료시켰다. 나는 한동안 아무 말도 못 하다가 줄곧 궁금했던 질문을 입에 올렸다.

"엄마, 이 벚나무 말인데, 왜 딱 한 그루만 여기 있는지 알아? 누가 일부러 심었을까? 정원사도 신기하게 생각하더래."

엄마는 멍하니 입을 벌린 채 나를 쳐다보다가 서서히 벚나무 쪽으로 시선을 돌렸다. 조용한 시간이 흘렀다.

"네 외할머니한테 들었는데. 나도 어릴 때 들은 이야기라서 기억이 가물가물하지만."

엄마는 그렇게 말문을 열었다. 철도역이 생기기 전에 이곳은 숲이었던지라 온갖 나무가 심겨 있었다.

"벚나무도 산벚나무뿐 아니라 오시마벚나무며 올벚나무 등이 저절로 자라고 있었대."

역을 건설하려고 재개발이 진행되면서 많은 나무가 잘려나갔다.

"옛날부터 여기는 우리 집안이 소유한 땅이었는데 역 앞의 토지 일부를 국가에 팔아야 했어."

금시초문이었다.

"그럼 이 건물은 그때도 있었어?"

엄마가 고개를 가로저었다.

"이건 네 외할머니가 땅을 물려받고 나서 지었어."

엄마는 그제야 내게 눈길을 주며 물었다. 세련된 외할머니가 당시로서는 드물게 현대적인 분위기의 아담한 숙소를 경영했었다는 말은 익히 들어 알고 있다.

"이 집…… 이 나무를 지키고 싶어서 지은 거야."

그러고는 다시 벚나무로 시선을 옮겼다. 외갓집 소유였던 이 땅을 국가에서 사들여 빈터로 만들겠다는 계획이 있었다고 한다.

"나라에 토지를 몽땅 팔았다면 돈은 많이 벌었겠지. 하지만 그랬으면."

"벚나무는 잘렸겠지?"

"그래. 그래서 지켜낸 거야. 료칸을 지어서 이 마당의 나무로 남아 있을 수 있게."

벚나무가 보이는 자리에 살 집과 이 건물을 지었다. 외할머니가 아직 젊고 엄마도 태어나기 전의 일이다.

"그랬구나."

나무 한 그루가 남았다. 벚나무가 여기 있었기에 외할머니의 호텔과 엄마의 레스토랑과 내 카페가 체리 블라썸이라는 이름으로 쭉 이어올 수 있었다. 바꿔 말해 체리 블라썸, 이 벚나무를 위해서 영업을 이어온 서였다. 남은 게 아니라 살린 거였다.

"외할머니가 고수였네."

"그렇다고 볼 수도 있지. 일단 마음먹으면 온전히 몰두하는 사람이었어. 하고 싶은 일은 무슨 일이 있어도 꼭 해내고. 노력파였달까."

외할머니는 내가 초등학생일 때 돌아가셨다. 주위 사람들은 할머니가 멋쟁이였다는 말을 자주 들려주었지만 내게는 그저 상냥하고 느긋한 할머니였다. 그렇기에 그토록 의지가 강한 사람이었으리라고는 상상도 하지 못했다.

"근데 왜 얘기 안 했어? 카페 물려줄 때 그 얘기도 해줘야 했던 거 아냐?"

내가 조금 날카롭게 묻자 엄마는 "인수인계 사항이라도 된다는 거야?" 하며 부루퉁하게 받아쳤다.

"그런 얘기를 들으면 너무 부담스럽잖니. 무슨 짓을 해서라도 이곳을 꼭 지켜야 한다고 압박하는 것 같고."

엄마는 이 큰 건물을 맡는 것도 예삿일이 아닌데 그런 짐까지 지우고 싶지는 않았다고 솔직하게 털어놓았다. 딸이 영 미덥지 못했구나 싶어서 어깨를 늘어뜨린 채 "그럼, 왜 이제 와서 알려주는 건데?" 하고 따지듯이 묻자 "네가 물어봤으니까"라고 태연하게 대답하고는 미간을 찌푸렸다. 그러더니 아버지가 점심밥 차려놓고 기다리고 있다며 "오늘 점심 메뉴는 페스카토레야" 하고 방글방글 웃으며 돌아섰다. 나는 그런 엄마의 등에 대고 인사했다.

"선배님, 고맙습니다."

작게 중얼거리며 고개를 숙이자 두 눈에 눈물이 어렸다. 아무도 못 봤겠지.

저런.

어디선가 귀에 익은 그리운 목소리가 들려왔고 나는 그게 외할머니 목소리라는 것을 알아차렸다. 화들짝 놀라 고개를 들고 주위를 둘러보니 꽃눈을 잔뜩 단 벚나무가 나뭇가지를 흔들고 있을 뿐이었다.

가게 문 열 준비해야지.

이번에도 붉은빛을 머금은 줄기 안에서 외할머니 목소리가 들려온 듯한 기분이 들었다.

❀

"어서 오세요."

부슬부슬 비가 내리는 날, 혼자 온 여자 손님을 2층으로 안내했다. 손님은 삼잎 방을 선택했다. 오늘은 화과자 가게의 소에다 모녀가 만든 생과자를 준비했다. 연갈색을 띤 탁구공만 한 동그란 과자를 이쑤시개로 눌러 자르면 선명한 노란색과 분홍색으로 물들인 팥소가 나타난다. 세 가지 색깔이 어우러진 단면이 더없이 아름답다. '꽃눈'이라는 이름의 이 고급 생과자는 벚나무 꽃눈을 표현한 것이다. 그렇게 설명하자 손님이 "봄이 기다려지네요"라고 말하고 나서 눈을 내리깔고 물었다.

"곧 벚꽃이 피겠죠?"

"이 비가 개화를 부르는 것 같은데요?"

전에 엘라가 삼한사온은 원래 겨울을 나타내는 계절어라고 가르쳐주었다. 옛 사람들이 추운 날씨와 따뜻한 날씨가 반복되는 모습을 보며 계절의 변화를 느끼고 봄기운이 이미 곳곳에서 일어나고 있음에 희망을 품었다고 설명하자, 손님이 "올해도 벚꽃을 볼 수 있다니 너무 좋아요"라고 잠긴 목소리로 말을 밀어냈다. 나는 가슴이 철렁

해서 손님의 얼굴을 찬찬히 들여다보았다.

"아아, 지난번에 오셨던……."

작년에 벚꽃이 질 무렵에 친구와 같이 왔던 손님이 틀림없었다. 병을 극복하고 오랜만에 외출하면서 가게를 찾아줬는데 다른 손님이 무심코 내뱉은 말에 상처 입은 건 아닐까. 내내 마음에 걸렸었다.

"인생에도 삼한사온이 있어요. 살다 보면 나쁜 일도 있고 좋은 일도 있잖아요. 그렇게 한 걸음 나아갔다 한 걸음 물러서는 일을 몇 번이고 반복하면서 조금씩 전진하는 거겠죠."

손님이 말을 이었다.

"이렇게 또 하나의 계절을 살면서, 비록 느릴지라도 계속 걸어가는 거죠. 그보다 더 큰 행복은 없거든요."

마당의 산벚나무에 맺혀 있던 꽃눈이 마침내 단단한 껍질을 뚫고 꽃봉오리를 내밀었다. 하나의 꽃눈에는 분홍색 꽃봉오리가 여럿 들어 있다. 분홍색 꽃봉오리가 봉곳봉곳 부풀어 오르고 흰색에 가까운 연분홍빛 꽃이 일제히 피어나는 날이 오겠지.

탁구공처럼 생긴 꽃눈이라는 과자에는 또 하나의 의미

가 있다고 고코의 어머니가 살짝 귀띔해주었다. 세 가지 색깔의 앙금은 히오와 미야코와 고코이기도 하고, 야에와 사쿠라코와 히오이기도 하다고. 끊임없이 돌고 돌면서 이어간다. 한결같이, 영원히. 그 모습을 데굴데굴 구르는 공 모양으로 표현했다고.

외할머니가 지켜낸 벚나무가 오늘을 살아가는 나와 그 꽃을 바라보는 사람들 앞에서 또다시 꽃을 피운다. 나는 끝이 없는 이 순환에 무엇과도 바꿀 수 없는 값진 기적이라는 이름을 붙이고 싶어졌다. 어떠한 시련이 찾아와도 극복하고 다시 살아나는 재생의 기적. 그때 부드러운 빛이 방 안을 빙 둘러쌌다. 시선을 들자 창밖에서 들어오는 빛이 장지문을 하얗게 비추고 있었다.

"날이 맑게 갰네요."

손님의 얼굴에 환한 미소가 피어올랐다.

그해 푸른 벚나무

초판 발행 · 2025년 5월 20일

지은이 · 시메노 나기
발행인 · 이종원
발행처 · (주)도서출판 길벗
브랜드 · 더퀘스트
출판사 등록일 · 1990년 12월 24일
주소 · 서울시 마포구 월드컵로 10길 56(서교동)
대표전화 · 02)332 - 0931 | **팩스** · 02)322 - 0586
홈페이지 · www.gilbut.co.kr | **이메일** · gilbut@gilbut.co.kr

기획 및 책임편집 · 허운정(rosebud@gilbut.co.kr) | **제작** · 이준호, 손일순, 이진혁
마케팅 · 정경원 김선영 정지연 이지원 이지현 | **영업관리** · 김명자 | **독자지원** · 윤정아

디자인 · *studio weme* | **CTP 출력 및 인쇄** · 정민 | **제본** · 정민

- 더퀘스트는 길벗출판사의 인문교양 · 비즈니스 단행본 브랜드입니다.
- 이 책은 저작권법에 따라 보호받는 저작물이므로 무단전재와 무단복제를 금합니다.
  이 책의 전부 또는 일부를 이용하려면 반드시 사전에 저작권자와 길벗출판사의 서면 동의를 받아야 합니다.
- 잘못 만든 책은 구입한 서점에서 바꿔 드립니다.

ISBN · 979-11-407-1325-7 03830

(길벗 도서번호 040313)

정가 17,000원

독자의 1초까지 아껴주는 길벗출판사

(주)도서출판 길벗 | IT교육서, IT단행본, 경제경영서, 어학&실용서, 인문교양서, 자녀교육서 www.gilbut.co.kr
길벗스쿨 | 국어학습, 수학학습, 어린이교양, 주니어 어학학습, 학습단행본 www.gilbutschool.co.kr